沒大沒小

廖玉蕙◎著
蔡全茂◎圖

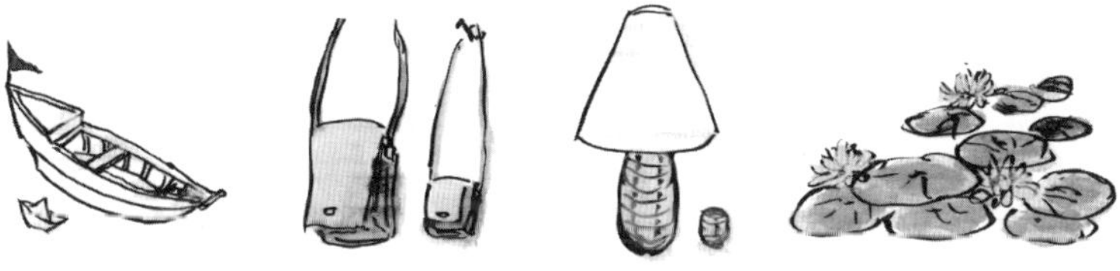

持續追求歡喜自在（新版序）

一晃眼，十年就過去了！

十年間的變化何其多！《沒大沒小》一書裡的五個主角人物，都各自有了不同的遭遇：虎虎地四處奔走為兒女包粽子的外婆，在和病魔苦戰經年後，已然於兩年多前撒手塵寰；常常陷入天人交戰的父親，就在《沒大沒小》寫完後離開職場，開始他全新且快樂的繪畫生涯，卻在今夏的一次健檢中，發現身體有了小狀況，如今正在醫院裡樂觀地療癒；什麼都不會的媽媽——我，轉換了教書的學校，仍然糊裡糊塗地過日子，寫作依然是少數表現精明的時刻；和女友一起吃浪漫野餐、帶爸媽到貓空看星星的小提琴手，已經踏出校門，走入社會，用他慣常的步調，時而緊張地在科技業裡汲汲謀生、時而辭職到南美悠悠壯遊，而那位和他一起吃浪漫野餐的女友已然成為他人之妻；熱中做茶凍款待家人、演講比賽時差點緊張地掛掉的女兒，也已然順利完成學業，投身職場，一如所願地在飯店中接待遠道而來的中外賓客，充滿希望地展開嶄新的人生。年少的兒女逐漸成長壯大，年長的父母日趨羸弱衰老，生老病死就像春夏秋冬一樣，在每個家庭裡日夜流轉，不管你情願不情願，它就這麼毫不客氣地直直闖入，沒得商量，欲拒無方、欲迎乏力，這就是所謂的人生。

雖然如此，這些年來日子還是過得繽紛多采。

從十七歲負笈北上後，我就不曾和父母長時間共居，母親臨終前的歲月，搬來和我們同居，那年，《沒大沒小》裡的五個人同寢處、共聊天，稍稍補償了這個遺憾，堪稱我人生中最為幸福的時刻。雖然在這十年間歷經人生中的大變化，卻沒有改變彼此之間相互扶持的對待模式——愉快分享、患難與共，不管老病或成長，這是最堪告慰的事。

這些年來，有很多機會出入醫院，看遍人生艱難的掙扎，常常望著和死神苦苦拉扯的蹣跚背影發呆，對生老病死的況味感受格外深刻，也因之別有領會。當美好或難堪的人生戰役過後，無論榮光或屈辱，毫無例外地都將成為黃土一坏，甘心或不甘也都眾生平等地必須等著喝下遺忘今生的孟婆湯。因此，在遺忘之前，曾經度過豐實的歲月，曾經確切地擁有過親切的溫暖，曾經淋漓盡致地貢獻積累的能力，我以為這才是人生存在的意義，雖然，年輕時這樣的期許常被自己吐槽為無聊的教條。

《沒大沒小》再版重出，回首過往，惆悵唏噓之餘，仍為擁有當日的美好記憶感到無比的幸福。雖然人生實難！但努力讓往後的日子活得像書裡所描繪的那般虎虎生風、歡喜自在，將是我持續追求的目標。

廖玉蕙

二〇〇九年十一月

目錄

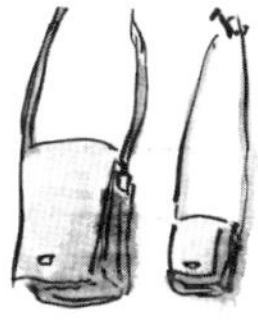

輯二　青少女的成長記事

輯三　外婆的新鮮事

輯四　天人交戰的父親

輯五　什麼都不會的媽媽

附錄　給兒女的十封信

輯一

小提琴手的故事

上進的提琴手

學書不成又學劍，學劍不成，學扛鼎，項羽年輕時的困境，兒子全經歷過。從小到大，他不停的要求學這學那，我不停的應他的要求，付各種學費。從鋼琴、桌球、游泳、小提琴、吉他到篆刻、書法、作文、英文、數學、電腦，幾乎市面上能找到的十八般技藝，他全學過了。

學小提琴時，正當他放棄鋼琴的第三個月，我怕他故技重施，半途而廢，特地和他約法三章，除非我受不了，不然，不得無故放棄。他信誓旦旦，絕不反悔。那年，他上小學三年級。

教他小提琴的老師，總共教了他六年，照說，學了六年的琴也該有起碼的水平，可是他實在是太混了，我們也沒給他任何壓力，只想著讓學音樂成爲一件快

小小提琴手

樂的事，不願意因爲趕進度而失去享受愉悅學習的機會。然而，每回，他都只在老師臨來之前，草草拉它幾次。老師是個溫文儒雅的人，在上課的中途，我總會準備咖啡、點心或水果送進去。一次，我進去時，看見老師正滿頭大汗、神情悲憤的自己拉著琴，冷氣室裡，怎會熱成那樣？老師迎著我驚奇的眼光，很難爲情的解釋道：

「聽你兒子拉琴，疙疙瘩瘩的，胸口就像脹滿了氣，無處發洩，非得把琴搶過來，自己拉一下，否則根本透不過氣來！」

這麼個疙疙瘩瘩的琴藝，不知怎的，居然被老師發現了。指定他在學長畢業典禮時，參加管弦樂隊，演奏畢業歌。他垂頭喪氣的回家，一邊痛罵陷害他的朋友，一邊後悔沒認眞學習。然而，師命難違，第二天，他硬著頭皮，躲躲藏藏的提著小提琴去應命，一路上，怕被人家看見，整天擔心拉出的琴音，會驚動整個樂團。

那天傍晚回家，他眼睛都笑瞇了，得意洋洋的說：

「幸好有很多小提琴手，我只要拉小小聲，沒人會發現。但是媽媽！你知道嗎？我發現樂隊裡有好幾個漂亮女生欸！我拿著小提琴走在路上，好多女生都看我哪！」

從那天開始，他一反常態的，努力拉著校歌、畢業歌，一遍又一遍，反覆練習著，好像馬上要開獨奏會般的，變成一個我所不認識的上進的小孩。

——原載一九九八・三・十一《中國時報》人間副刊

謝謝你們把我教得這麼好

很晚了，我在書房裡看書，兒子從正寫著的報告裡起身，打著呵欠，踱到我房裡，問我：

「明天沒課嗎？怎麼還不去睡？」

「那你呢？你還不是還沒睡！明天沒課嗎？」我反問他。

他露出艱苦卓絕的表情說：

「我哪像你們那麼好命呀！我們的教授根本不管我們的死活，把我們當野獸一樣操，新聞稿和報告不斷呀！今天，不到半夜三點，我看是絕上不了床的。」

我露出同情的表情，說：

「嗯！這給我一個啓示，學生都是要逼的，顯然我對我的學生太仁慈了。」

「本來就是呀！大部分的學生攏嘛很賤的，主動的很少，不逼哪行！不過，這千萬不能讓你的學生知道是我說的，要不然，我鐵定會死得很難看！」

我笑起來，說：

「誰像你哦！自己平時不用功，臨時抱佛腳，還一竿子打翻一船人，你眞聰明呀！」

兒子不服氣，提高了聲音抗辯：

「你兒子不錯哦！雖然功課不是頂尖，但是，多才多藝，系上合唱團男低音的leader，籃球比賽、桌球比賽的選手，又會攝影、又會篆刻，人緣也不錯，憑良心說，有幾個人能這樣！」

我看他牛皮吹談自如，正想用利刃戳他一戳，讓他洩洩氣，沒想到他口風一轉，居然說：

「媽！有時候，我靜下來一想，眞的很佩服你跟爸爸欸！你們怎麼能那麼有耐心，教我這麼多的東西？花那麼多的時間來陪我。」

萬萬沒想到是這樣的誇讚，我不好意思的客氣道：

「哪有！我們只是盡力罷了！有時候……」

客套話還來不及說完，兒子又接口說：

「我常常想，以後，萬一我有自己的小孩，一定沒辦法像你們一樣。像小的時候，我每次玩得不知道回家，你總是罰我背誦：父母在，不遠遊，遊必有方。在外頭闖禍，受了傷，又罰念：身體髮膚受之父母，不可毀傷。還教我唐詩、宋詞，後來唸書的時候，得了許多方便，以後，我能教我的孩子什麼東西呢？」

我正陶醉在他這一番阿諛吹捧之中，感受到從來未有的通體舒暢之際，他突然站起身來說：

「謝謝你們把我教得這麼好！完了！完了！以後，我的孩子一定沒有你的孩子那麼傑出啦！……啊！我得去寫報告了！您早點兒休息啊！」

然後，他雄姿英發的離開，留我一個人在書房裡，啼笑皆非。

——原載一九九八・三・二十《聯合報》副刊

我們去吃浪漫的野餐

兒子積極遊說我們星期天早起，和他們一起去晨跑，他說：

「媽！你老是坐在電腦桌前打東西，這是很不健康的作法，你最近身材有些變形，在還來得及補救之前，你一定要有所行動，要不然就沒救了！」

我對這樣坦白的說詞感到極度不滿，睨了他一眼，辯解道：

「哼！有什麼了不起！我年輕的時候，身材也不比你差，現在雖然有些發福，但是，比起同年齡的人，也不算最壞呀！」

兒子聽出我強烈的抗議，不禁笑起來，開始阿諛我：

「是呀！就是看你還有救，才找你去呀！若是回天乏術，就只好任由你坐以待斃了。明天一大早，我和女友決定邀請你和爸一起去晨跑，怎麼樣？」

我假裝對這樣的說詞感到不滿，拒絕他的邀請，實際的情況是根本無法早起。兒子悻悻然離開，決定放棄自甘墮落的兩位老人家，就和女朋友兩人去健身。

週休的星期六早晨，八點多起床，以為奮發圖強的年輕人已經出發，吃過早點後，赫然發現他揉著惺忪的睡眼從臥房出來，他不好意思的解釋：

「昨晚，太晚睡了！起不來。……不過，沒關係！明天還放假嘛！不急！」

晚上，在電話裡和女友嘟囔了半天，兒子又來遊說我們：

「我們改為野餐了，怎麼樣！有沒有興趣？明天一早和我們一起去七號公園吃野餐，在晨曦乍現的時刻，邊吃早餐，邊談心事，多浪漫呀！」

我正沉浸在美麗的想像中，他爸爸說話了：

「哎呀！我們老了，在家裡喝喝稀飯就行了，你們年輕人自己去吧！」

我有些不以為然，但是，想到必須早起，也沒多大信心，不敢亂說話，兒子掃興的離去前，還教訓了我們一頓：

「要保持一顆年輕的心才行呀！在家喝稀飯？哎呀！多無趣呀！幾十年啦，難道不想變化一下？完了！你們完全沒救了！」

星期天早晨起床，白板上，幾個大字寫著：

「我們去吃浪漫的野餐！」

我看著桌邊佝僂著背，吃著早點的外子，再回首看看白板上那大大的幾個字，筆觸狂野，似乎很驕傲的樣子，有一點羨慕，外加一點嫉妒。

沒多久，兩個原以爲英姿勃發去吃浪漫野餐的年輕人提著野餐盒、縮著脖子回來了！嘴唇發紫，直打哆嗦！兒子邊搓著手邊說：

「哇！冷死人了！我們坐在草坪上，冷風一直灌上來，塗麵包的手直發抖，我們撐了半天，太陽也不出來，實在受不了了，才落荒而逃！……」

我雖然盡量忍住奚落他們的慾望，卻仍然抵不過惡質人性的挑撥，哈哈大笑起來！

好一個浪漫的野餐！

——原載一九九八・三・十一《中國時報》人間副刊

哥哥也是為你好

上大學的哥哥，不停的熬夜趕寫報告，幾乎常常帶著血絲的紅眼去上學。上職校的妹妹，課業的壓力較小，他看不過去，決定端出哥哥的架子，教訓她：

「妹！你這樣子下去，怎麼得了！你到底打不打算考大學？高三生，誰像你一樣？我高三的時候有多用功喔，你忘了嗎？每天讀書讀到半夜，哪像你這樣悠閒！你老實說，不要怕！說出眞正心裡想的，你到底還要不要考大學？」

聲色之壯，簡直比作父母的我們還有架式。妹妹被他一唬，一時嚇得不知該怎麼回答。囁嚅著說：

「我……我想啊！」

「光想有什麼用，要拿出行動來才行呀！」

噯呀！這口氣怎麼似曾相識？這不是我們平日常教訓他的話嗎？瞧他說得多順溜啊！外子和我相視一笑，不置一詞，看他如何接下去。他緩下口氣，溫和的接著說：

「哥哥也是爲你好！你這樣下去不是辦法，我先介紹你看一本書，適合你的程度的《傷心咖啡店之歌》，你看完後，寫一篇心得，我幫你改一改！你趁機多看看、學學！」

他把被老師荼毒的那一套，原封不動搬出來。妹妹一向崇拜哥哥，乖順的答應。成天抱著《傷心咖啡店之歌》，在燈下苦讀。兩天之後，書讀完了，妹妹巴結著報告，哥哥很有權威的說：

「嗯！不錯！光看沒用，要把心得寫出來，一千五百字，我現在出去，回來時繳卷，行嗎？」

「一千五百字哦！太長了啦！一千二百字好嗎？」

「文章長短不是重點，重要的是你看到了什麼？寫出了什麼？等我改完了，我再介紹一本比較有深度的書給你，你不能老看一些沒營養的書！」

說完，他轉身出門去了。我追出去問他：

「嗨！帥哥！你去哪兒啊？」

「我跟爸說過了！去看電影呀！」

「看電影？你不是還要繳一篇報告嗎？不是我愛囉唆，爲什麼不及早寫，老是趕夜車，成天哀嚎是沒用的呀，重要的是要拿出行動來呀！我們以前上大學的時候，多有計畫呀，哪像你們，我們這是爲你好啊，別嫌……」

話猶未說完，他已一溜煙跑掉了！

——原載一九九八・三・十一《中國時報》人間副刊

到貓空看星星

今年夏天，我面臨了一個人生的大抉擇，最後，狠心決定離開教了十九年書的學校，心意一定之後，不知為何，心情卻覺鬱卒到了極點！那幾日，輾轉反側，連做飯都懶得。一日，暗夜裡，我立在四樓窗口發呆，發現晚歸的兒子正徐徐開車進巷裡，我慌慌趕下樓，對著正倒車停駐的兒子說：

「心情很糟哩！怎麼辦？睡不著哪！」

兒子貼心的把好不容易停好的車子又開出，說：

「上來吧！我帶你繞幾圈，聊聊！」

車子在只剩一些些燈光點綴下的台北街頭轉來繞去，兒子像個成熟的大人般，沉靜的傾聽著我的心情，偶爾，同情的點點頭、或者適時的給我一些意見。

車子又回到巷裡時，我沮喪的情緒，似乎改善了些。那夜，我意外的不再失眠。

次日，記得是個週休二日的星期六。傍晚，一反常態的，兒子沒有到師大去打球。他若無其事的提議：

「我們去木柵貓空看星星！怎麼樣？」

全家都覺不可思議，這樣一位平日連月亮和太陽都懶得抬頭看一眼的男子，怎麼突然詩情畫意地提議去看星星！

往木柵的道路，充滿或者吃土雞、或者看星星的人潮。兒子以識途老馬的姿態，邊開車，邊爲我們介紹貓空的種種：屬於老人的茶園、中年人的山路、壯年人的豪情及年輕人聚會的空間……，不時的，在路邊停下車，指引我們下車瀏覽青山綠水。那日，星光璀璨，我們除了如願看到星星，也同時在茶園圍繞的餐館裡吃了又油又香的木柵土雞，並在山上的小木屋喝了摻了美酒的皇家咖啡。

回家的途中，我的心情空前的亢奮。女兒絲毫不受剛喝下的咖啡影響，在前座睏著了；微風中，兒子信心滿滿地手握方向盤，熟練的穿過竹林、繞過廟宇，在崎嶇的山路中，帶領我們回家。不知是否那杯添了酒的咖啡作祟，我和他爸爸竟然都有微醺的感覺。

窗外，繁星點點，夜涼如水。我突然想起十九年前那個聽說也是繁星點綴的深夜，那位大聲啼哭著前來的男娃兒。他微皺的皮膚已變得光滑，蜷曲的肢體已抽長成一百八十餘公分，顛躓的腳步逐漸踩得平穩，只會啼哭和狡辯的雙唇開始學會吐出體貼溫柔的言語。想到這兒，眞是百感交集！在驕傲之餘，不禁也同時萌生幾分的惆悵！啊！往後的歲月，我們或者不能再教導他一些什麼了，我們也許只消像今夜般，靜靜的坐著，讓他帶領我們去看星星，讓他帶領我們回家！

——原載一九九八・八・二十七《中國時報》人間副刊

完蛋了，我的功課太重了！

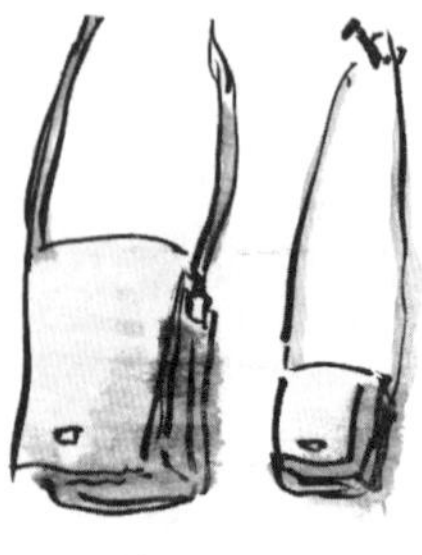

開學沒多久，剛從學校回來的兒子，踱到書房，滿臉哀怨的同我說：「完蛋了！我這學期的功課太重了！電腦亂數選課，偏都讓我選到一些殺手級的教授，眞倒楣呀！上學期，你也看到了，每晚不到兩、三點上不了床，這學期，我看只好天天天亮囉！」

我停下手上的工作，無限同情的回說：

「哇！好可憐呀！怎麼辦呀！眞慘呀！」

「怎麼辦？涼拌呀！只好看著辦啦！大不了不睡覺！我眞倒楣呀！人家上大學，由他玩四年，我是從上大學起，開始過著生不如死的生活呀！」

吃過晚飯，外子洗過澡出來，正好和兒子迎個照面。兒子又把剛才的事，和他爸爸抱怨了一番。外子道貌岸然的訓道：

「是啊！既然知道很忙，爲什麼不未雨綢繆！先準備準備。我看你從回來到現在，不是看電視，就是閒嗑牙，光抱怨有什麼用！」

兒子沒料到碰了一鼻子灰，悻悻然離開。離開前，還背著他爸爸，扮了個鬼臉。

星期六的下午茶時間。兒子興沖沖的服務，煮了香噴噴的咖啡。爸爸忙進忙出的，還來不及享用。兒子和我，好整以暇的對坐著，邊談邊喝。爲了省洗幾個碟子，咖啡杯下並無小碟托著，兒子摸摸杯下的塑膠餐桌墊，說：

「是熱的欸！等會兒，怕會鼓漲起來！」

於是，他取過剛打開的奶油球空殼墊在咖啡杯下。奶油球很小，又是空的，杯子放在上面，有些顫巍巍的，然而，居然沒倒下！我對他的臨機應變和擺放技術，深感佩服，因之，也起而仿效，說：

「哇！你好棒！你怎麼做到的？我也來試試！」

正戰戰兢兢的試著，外子來了。看到三個杯子都被奶油球殼子高高架起，非但沒對這樣的創意擊掌，還皺起眉頭，對著兒子說：

「爲什麼老做這麼危險的動作！」

雖說，話是朝兒子說的，但是，「指桑罵槐」的成語，我了解得很透徹，我覺得他正以史家微言大義的筆削方式，指責我的不正經。

兒子吐吐舌頭，又背著爸爸做了個鬼臉。我騎虎難下，只好順勢而爲，乾笑幾聲，也對兒子說：

「經過實驗，證明果然危險，以後要聽爸爸的話！爸爸是生而知之，媽媽是困而知之，及其知之，一也。哈！哈！」

——原載一九九八．九．三《聯合報》繽紛版

勝負乃兵家之常事

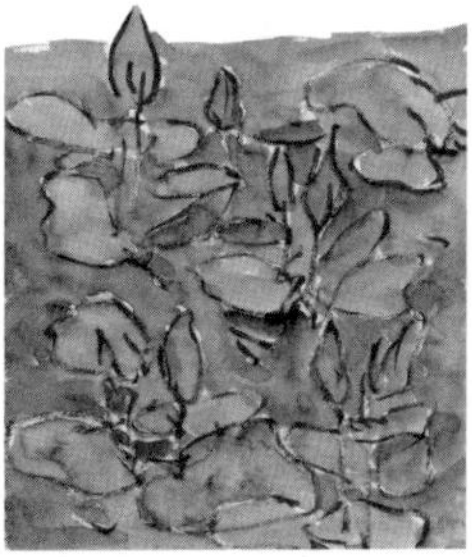

兒子參加他系裡的合唱團，爲了比賽，夜以繼日的練習著，看起來像是攸關生死般。一向吊兒啷噹、沒有任何企圖心的兒子，居然還爲此事，上網和同學相互打氣，讓我頗覺不可思議。去年，他們得了冠軍，慶功宴後，全團的人殺到七號公園內，像瘋了一樣的又唱又笑。我不記得自己年輕的時候，除了談戀愛之外，曾否爲了什麼事如此全力以赴！所以，不免納悶。

今年，比賽結束那晚，他沒回家，打電話說，因爲太晚，打算借住宿舍內，聲音有些憂傷，我由是不敢多問。第二天回來，足足補睡了幾個白天。醒來後，和我長談一番，提到只得了第二名，輸給去年的亞軍，同學如何傷心，夜不成寐。我安慰他：

「亞軍就已經很好了呀！幹嘛還傷心？」

「你不知道啦！我們志在冠軍，除了冠軍，以外都代表失敗，這次輸了，讓大家都很悲憤哪！」

「冠軍唱得有比你們好嗎？」

「的確比我們棒！合音、默契、音色都渾然天成，我們輸得不冤枉！」

「既然不冤枉，又有什麼好悲憤的？」我提出了心裡的疑惑。

兒子不服氣了！大聲抗辯：

「話不是這麼說，雖然不冤枉，練習那麼久，期待那麼高，一旦輸了，還是很不能接受呀！好多學妹都哭死了哪！」

我逗著他玩兒，取笑他：

「你呢？你也哭了嗎？」

他不理我，掉頭走開。

隔了些時日，兒子忽然興沖沖的回來宣佈，過幾天，合唱團要在欣葉餐廳舉行慶功宴。我覺得奇怪，問他：

「爲什麼慶功？不是輸了嗎！」

他睨了我一眼，很不以爲然的回說：

「請你措辭正確些，是第二名、亞軍欸！怎麼叫輸了呢？媽！你未免太勢利了，勝敗乃兵家之常事，第二名就很不容易了哪！何況，名次也不是最重要的，重要的是大夥兒聚在一起，同甘共苦，那種感覺很棒哪！」

說完，昂藏的走了，留下錯愕的我，張大了嘴，半天都闔不攏。

——原載一九九八・三・十一《中國時報》人間副刊

為爸爸剪髮

吃完晚飯，看過電視新聞，外子摸著怒張的頭髮，說：

「嗯！頭髮太長了！得上理髮院了！」

捂著飽脹的肚子、斜躺在沙發上的我，霎時間振奮起來，高興的說：

「浪費錢幹什麼！你忘了，前些日子，我已購置一套完整的理髮設備，從今以後，恢復由太太來服務！」

不知是否過敏，我瞥見外子臉上似乎閃過一絲驚懼的表情，他急急婉拒道：

「不敢麻煩你啦！這些天，你東奔西跑的南北奔波演講，還是多休息得好。我去找家便宜的家庭式理髮店，一下下就回來！」

「不累！一點都不累！我樂意服務，幫丈夫剪頭髮正是妻子最好的休閒活

動。」我熱情澎湃的回答。

有苦說不出的外子，正要再加申辯，兒子也興奮起來了，搶著說：

「既然有完備的工具，爸！讓我來試試！我絕對給你剪出一個最適合你的髮型。給媽媽剪太危險了！你沒忘記上回她在你頭上剪出那個大窟窿，讓你閃閃躲躲多久的教訓吧！」

眞是哪壺不開提哪壺！我正要加以反擊，外子居然很快地答應道：

「好吧！那就讓兒子來試試吧！」

我氣死了！分明是性別歧視！但是，前科累累的我，在這件事上，也的確沒多少籌碼可提供談判，只好恨恨的說：

「好吧！既然如此，我就祝福你明天出門不必以帽見人吧！」

自從女兒出國遊學後，家裡這兩個男人，突然開始建立起極親密的新關係。外子一反常態的，對兒子百般嬌寵起來，竟連類似這種可能因嫉恨而影響夫妻關係的行徑，都做出來了。我必須承認，我甚至險陰且幸災樂禍地期待看一頭千瘡百孔的頭髮出現，以證實外子的識人不明。

浴室裡，不時傳來兒子對髮型的構想、外子對兒子手藝的擔心及再三的叮哼，諸如：

「不要一次就剪太短，慢慢來，免得無法補救……」

「你不要動！安啦！絕不會像媽那樣粗心啦！……」

我在客廳裡坐著，刻意不去看他們，只遙遙對類似的人身攻擊表示抗議。

「慢一點！小心點兒！……」外子無力的掙扎著。

終於，大功告成！我被邀請進入現場講評。外子齜著牙，對著鏡子，前後左右轉著照。被推剪得高高的鬢角，向後梳的時髦髮式，居然清爽宜人，看起來年輕好幾歲，而且未見任何窟窿！我的心情複雜，有點兒惱怒，又有點欣慰，不知爲什麼。兒子得意的朝我說：

「怎麼樣？超優的吧！」

我百味雜陳，只好清清喉嚨，對著甫自公職退休未久的外子說：

「恭喜啦！今天，你終於可以以一個流線型的髮式，正式告別你的公職生涯了！」

——原載一九九八・九・二十四《聯合報》繽紛版

有志氣的暑期生活

經歷了緊張而忙碌的期末考，暑假終於接踵而來。以爲因準備考試而嚴重缺乏睡眠的兒子，會不支的倒頭睡上幾日，豈知，他竟然像又上緊發條的音樂娃娃，充滿無限精力似的，開始不停東轉西跑起來。問他怎不補充睡眠，休息休息？他大笑起來，說：

「開玩笑！大好時光拿來睡覺！我們的休息跟你們老人家不同，出去玩就是一種休息呀！」

每日電話不斷，男的、女的，像個日理萬機的大老闆。運動強身，球場的朋友約著到師大打球；高中同學分別從中、南部回來，少不得聚聚；大學同學雖然常常見面，但是：

「上課的時候多忙呀！每天見面，不是談功課，就是編大學報，根本連聊天的時間都沒有，好不容易放假，當然要約著一起出去玩玩！」

就這樣，一晃十幾天。爸爸看不下去了！想起一位親戚在一家頗具規模的廣告公司擔任高階主管，便徵求兒子同意，拜託親戚給個實習機會。電話裡，久疏聯絡的親戚，親切又熱情地答應，減少了外子幾分細說從頭的尷尬。

次日，兒子從廣告公司回來，說：「阿伯對我好好哦！好親切，他年紀雖大，但是，觀念很新哪！我們聊了一會兒，我很喜歡他哪！」

話雖如此，真正進入主題後，峰迴路轉，突然有了迴異的結果，他接著說：「就因爲阿伯很熱情，很親切，我不能造成他的困擾，所以，我決定不去實習了！」

原來，當阿伯交代下去後，部門的主管，在分配工作時，不經意的透露：「每年總是有許多的實習生來，也做不了什麼事。要不是副總經理交代，我們實在不需要人手了。」

年輕愛臉的他，覺得自己變成別人的負擔，是一種恥辱。任憑我說破了嘴，告訴他：

「任何實習都不會被賦予重任的，我們主要是去學習的嘛！只要態度認眞，就不會丟阿伯的臉！」

他不幹！慷慨激昂的說：

「有朝一日，我要憑自己的實力去爭取工作！像這種類似施捨的工作，沒志氣嘛！」

於是，他寫了一封e-mail給阿伯道歉，婉拒實習機會。從此，繼續他毫無建設性的暑假生活，睡覺、打球、聚會、旅行……很有志氣的靠自己！

——原載一九九八・十一・二十六《聯合報》繽紛版

焦慮的星期天

每到禮拜四，我就開始期盼住校的兒子週末返家。儘管每次回家，被子不疊、電話不放、半夜不眠，都把我氣得跳腳。幸而，每回他總算都孝順的在我氣得嘸氣之前，及時離家。

天可憐見！做娘的我，總不知記取教訓，還是從星期四起就眼巴巴的盼望著門口出現兒子疲憊的笑容。我在家努力精進廚藝，期待以讓人垂涎三尺的食物，引誘他返家！並且每日三省乎吾身，和外子相對涵養容忍的美德，免得重蹈不歡而散的覆轍。

終於，星期六下午，眉開眼笑的歡迎一臉倦容的兒子歸來。慣常的蜜月期大約可持續半日左右，我們相互以甜蜜的語言訴說相思及心事。大學報的編輯工作

讓他緊張、課業繁重、睡眠不足……是經常的話題。吃飯時，兒子以誇張的飯量來稱讚我的美食，我則以慈祥的殷殷垂詢來回報。

星期天的凌晨，通常是分界點。和朋友通完冗長電話後的兒子，又端坐電腦桌前。不滿的情緒開始在我心中滋長，不過，一星期來動心忍性的修養總算沒有白費，我勉勵自己堆上一臉慈愛的笑容，語調和緩的說：

「你不是說睡眠不足，要早一點睡嗎？」

「馬上！」兒子眼睛貼在電腦螢幕上，不假思索的回答。

專家說，這時，不應太專制，最好讓他自己決定睡覺時間。我於是又擺出最燦爛的笑容，徵詢他：

「不累嗎？那你準備什麼時候睡呢？」

「馬上！」標準答案似的，他又說。

依我多年來的理解，兒子口中的「馬上」，和字典裡的「馬上」義界不大相同，它頗富彈性，時間可長可短，長短之間，相距可達三、四個小時。深呼吸過後的我，決定不做讓人討厭的媽媽，我踱進臥房，期待得到一些來自丈夫對我動心忍性的支持和讚美，卻發現我的男人早已呼呼大睡，不省人事。這個發現，讓我隱隱滋生的不滿急速增長成怨恨。我含恨上床，輾轉反側。微弱的月光下，看見身邊鼾聲大作的男人居然露出一臉幸福的表情，簡直難以置信！這時，孤立無援之感頓生，怨恨很快又昇華爲哀怨。

朦朧間，被噩夢驚醒！探頭看鐘：半夜兩點。門縫裡，依稀透進微光。我躡手躡腳起身，發現黑著眼圈的兒子居然仍端坐電腦桌前！不禁火冒三丈！這時，再顧不得風度了！正想破口怒叱，兒子卻在我發飆前，迅速關機、關燈，跳上床去。我站在靜悄悄的黑暗中，再度深呼吸，以平撫怒氣。

次日起身，爲了一篇急於交稿卻只寫了一半的文章，我潛進兒子房裡，想及時完成它。打開電腦時，赫然發現它居然當了！根本無法開機。我馬上聯想起上回電腦送修後，整個重新format，把我存在裡頭的稿子全數刪除，這一驚，眞是非同小可！電腦壞了！而我那篇寫了一半的稿子，可能面臨悉數無疾而終的命運！我氣急敗壞的搖醒沉睡中的兒子，質問他：電腦到底出了什麼事？兒子含糊的回說：「當機。」

「怎麼辦？」我著急的問。

「嗯！……修理呀！」

「誰修?你嗎?」我咄咄逼人。

兒子翻了一個身，不耐煩的回答：

「我會處理啦！讓我再睡一會兒吧！睡醒了，馬上修。」

我不想太囉唆，只好勉強耐住性子，東摸西弄，打發時間，並不時到兒子房裡窺伺，見他仍舊高臥不起，眞是心急如焚！好不容易等到他睡足起身，我已積累了一肚子怨氣。

爲了掌握時間，我建議他：

「乾脆拿去給電腦公司修理吧！我要趕稿子！你又不一定修得好。」

兒子言簡意賅的一口回絕：

「別緊張！我行的！你別瞧不起人！」

我可不願擔上打擊士氣的罪名，只好聳聳肩走開。時間一分一秒的過去，兒子仍在桌上的螢幕和桌下的主機間，上上下下的操作，整台主機幾乎被拆卸殆盡。不時的，我湊過去，問：

「不行的話，及早送修吧！交給專家去處理吧！」

吃過午飯後，他仍咬牙奮戰不休，就是不肯送修！我簡直快瘋了！想到上次去旅行，在陌生的城市迷路，他也抵死不肯停車讓我去問路，花了許多冤枉功夫找尋，不由得我氣沖牛斗！發出最後通牒。這時，他才訕訕然抱著電腦出門。約莫兩個時辰後，總算盼到他的身影出現。他卻說：

「什麼專家！不過是兩個不上道的小弟，比我還不如！弄了半天，也還搞不清楚問題所在！你放心！等會兒，我拿到學校宿舍去，那兒有高手，準可以解決問題！」

沒了電腦，我原也可以恢復用筆來寫。可是，心裡惦記著電腦中殫精竭慮寫出卻來不及列印的三千字，總捨不得放棄！聽到還是沒修好，簡直萬念俱灰！不過，看他一臉疲憊，雖然不滿，卻也不忍深責。

吃過晚飯，他直奔學校去尋求救兵。我在家中繞室徘徊、癡癡等待！夜深了！他垂頭喪氣回來，依然沒解決問題！本來打算趕夜車寫稿的我，焦慮得無以復加！嘴裡說沒關係，臉上的表情卻沒辦法配合，僵僵的。

情緒終於還是爆發！

和女朋友打著冗長電話的兒子，無視於隨手關燈的叮嚀，仍舊躺在床上高談闊論！我氣極了！悲憤的說：

「你一回來，我們就遭殃！電腦弄壞了，我也沒怪你！明知道我明天得繳稿，叫你早點送修，死也不肯！害我得從頭寫起。這也罷了！回到家，屋子亂成一團，到處開燈，也不關，還得別人隨後收拾！你乾脆別回來，我們要省事些！」

兒子在門首默默聽著，回身進屋裡收拾行李，拎著，開門出去。我追出去問，他恨聲說：

「我回宿舍去！」

估量著已經到校，外子打電話過去確認。兒子泣不成聲，說：

「我心裡還不是很急！還不是一直在想辦法！誰知道……」

我則痛哭流涕！埋怨兒大不由娘，說他兩句就離家出走！而古有明訓：「養子不教父之過。」外子自然也難逃劫數，被流彈狠狠掃到！而因為過度傷痛，該交的文章當然因此流產。

眞是一個糟糕的星期天！三敗俱傷！

——原載一九九八・十一・十九《聯合報》繽紛版

現在的男人很多情

次日，女兒即將出國讀書，兒子因爲得上課，言明無法前去機場送行。那夜，哥哥跟電腦攪和到三更半夜，我睡了一大覺醒來，看見他猶自坐在電腦前，不禁來氣，把他痛罵一番，趕上床去。

次日一早，兒子在預設的三個鬧鐘震天價響中，惺忪著眼，勉強起身漱洗。全家都被鬧醒了！女兒怔怔歪坐在沙發上發呆。兒子從洗手間出來，湊過去，手環繞著妹妹的肩併坐著，依依不捨的勉勵妹妹：「去到美國要努力用功哦！……首先要知道自己想要什麼，立定目標，再想辦法去達成！只要肯努力，一定可以成功的。……好！現在，你告訴我，你的目標是什麼？」

妹妹心虛的輕聲回答：

「拿學位呀！」

「爲什麼要拿學位？最終的目標是什麼？」哥哥追根究柢。

妹妹猶豫了一下，怯怯的回答：

「爸爸說，拿了學位，才能選擇一位條件比較好的丈夫，我想做一個好太太！」

剛剛在學校上過新女性主義課程的哥哥，沒料到是這麼個答案，愣了一下，皺著眉，偏頭看了妹妹天眞的臉，想了想，中肯的說：

「也許，你可能眞的適合做一個好太太！」

上課時間快來不及了！我心有餘怒，還在氣他昨晚太晚睡的事，沒好臉色的趕他上學去！他出門前，又匆匆在玄關交代：

「妹！你放心好了！我昨晚已經把你的一張照片掃瞄並傳眞到美國的表姊家，這樣，久不見面的表姊就不會不認得你了！你到機場就不用擔心沒人接你了！知道嗎？」

妹妹撒嬌的說：「謝謝哥哥！我就知道哥哥最愛我了！」

兒子笑著走了！妹妹打開電腦，打算和網友說再見。看見一向吝於表情達意的哥哥在電腦桌面上，題了大大幾個字：

「含文到美國要好好用功，不可以偷懶唷！哥哥會很想你的！……」

打開信箱，又發現一封遠在中壢的表哥的e-mail，寫著：

「在我的印象中，你還是到處跟著我們『趴趴走』的小表妹，轉眼間，已經要邁向人生的另一段旅程了！一個人在外的日子當然不比家裡，不過你一定要咬緊牙關撐下去，從溫室中跳脫並化育成美麗的蝴蝶。加油歐！……」

女兒感動得不得了的跑來和我說：

「媽！你覺不覺得現在的男人其實也很多情的！」

——原載一九九八．三．十一《聯合報》繽紛版

那年春天的蛻變

——一次大學推薦甄試面談紀要

那年秋天，兒子升上高三，爲了準備考大學，日日駝著背，帶著沉重的書包出門。家有考生，氣壓有些低，可能也或多或少影響了家庭氣氛。一天，他回來宣佈，決心參加大學推薦甄試，如果幸而成功，可免除至少半年左右的水火煎熬。我看他焚膏繼晷，簡直恨不得以身相代，當然支持他想辦法提前脫離水深火熱。

過關斬將的，這小子一向運氣不錯，居然通過了重重關卡，並取得了最後的面試資格，這時已是次年春天的事了。他一向吊兒啷噹，什麼事都沒當眞，原本只抱著陪考的玩玩心態。沒想到因爲過度順利，事情突然變得緊張了起來！他開始有了嚴重的得失心。每日黃昏，回到家裡，他總跑到廚房來和我窮攪和：

「媽！出一題吧？」

剛開始，沒意會，不知他搞些什麼名堂！後來才知他要我假裝是面試教授，出一些題目考他。我從他帶回的一些考古題著手，邊炒菜，邊問他：「如果你眞的甄試通過，那麼，你可能從四月初起就輕鬆了下來，一直到大學開學的九月，這麼一長段的時間中，你將如何度過？」

他清清喉嚨，面上露出正氣凜然的表情，說：

「將來勢必走向天涯若比鄰的國際村世界，做爲國際語言的英語是非常重要的，尤其是新聞記者，英文是一個溝通的重要工具，因此，我會趁這段空閒時間，好好充實我的語文！另外，我喜歡攝影，我也要趁這個難得的機會，多到戶外走走，攝取一些好鏡頭！」

說完，他得意的等候我的評語。我在不忍心潑他冷水和說實話間掙扎了一會兒，決定以評審的身分嚴格打分，我抱歉的說：

「這樣的答案，如果我是評審，頂多給三十分。」

兒子不服氣的問理由：我說：「最大的理由是缺乏創意！其次是口是心非！第二點不必我多說，你自己心知肚明，你沒有這麼奮發上進……」

兒子急急插嘴：

「有啊！我本來就是這樣想的呀！你就是愛給我洩氣！」

「好吧！就算你是眞的那麼想過吧！那也不會是你最想做的吧？那就說第一點吧！我相信這個題目如果拿來問所有的四十名應考生，大概總有三十個以上的人會跟你說的答案大同小異，面試的教授在聽到第五個同樣說法時，鐵定暈死過去！人云亦云，怎能從衆多人裡頭出類拔萃？你應該說出你眞正想做的事呀！」

「我本來就沒想那麼多呀！我每天準備聯考，忙死了！我哪有時間想那麼多！」他有些惱羞成怒地爭辯著。

「有啊！你每天不都在幻想，萬一幸運的考上了，你將如何如何嗎！」

「哪有！我根本還沒空去想哩！」

「怎麼沒？我少說可一口氣說出三件你常叨唸著想做的事：第一，那天妹妹在廚房裡和我學做菜，你下課回家見著了，不是告訴我們：等你考完了，也要跟我學做幾道好吃的菜嗎？」

「啊！講這個！會被人家笑哩！」

「有什麼好笑？這不是你想做的事嗎？如果教授進一步問你，你怎麼想到要學做菜的，你怎麼說？」

「怎麼說？我能怎麼說？我不過是好吃罷了！能說出什麼好理由！」

「對了！好吃就是一個好理由呀！」

「媽！你瘋啦！這理由能說嗎？笑死人！」

「食色，性也。好吃有什麼不能說的！重要的是，要將好吃跟學做飯的關係闡釋出來，譬如：因爲好吃，又不想依賴人，所以期望自己動手，往積極方面想，將來是個兩性平權的社會，男人要貫徹這個觀念，當然第一步得從廚房裡站起來！怎麼樣？這個說法夠炫吧？新聞裡主張女性主義的老師應該會覺得還不賴吧！」

「哇！媽！你好會掰哦！」

「這怎麼叫掰！這叫動動腦。如果往溫暖的地方想，是因爲準備聯考，不但常常不在家吃飯，甚至沒什麼機會和家人相聚溝通，和媽媽學做飯，其實就是想跟媽媽多聚聚聊聊！……」

話還沒說完，兒子已經在一旁做出嘔吐的表情，說：

「唉！這麼肉麻的話，打死我也說不出口。……剛才你說至少可以舉出三個例子，還有呢？」

「上個禮拜，你知道通過筆試後，不是跟我說，如果你僥倖考上，以後你就慘了！就你一個人最輕鬆，同學們全都還在拚命，你可能就必須做值日生做到死嗎！有沒有？」

「啊！說這個！抬便當、掃地，笑死人！這也能說！」

「要說什麼才不笑死人？誰會笑？義薄雲天哪！誰會取笑一個拯救生民於水火中的人？」

「媽！你很誇張哪！好！那第三點又是什麼？」

「你不是跟我說了好幾次，你們班上有一位讀了五年還沒畢業的同學，你們感情不錯，如果你先甄試上大學，你立志幫他複習功課，將他也送上大學嗎？」

「淨說這些無聊的事呀！那誰不會！好像我不學無術，亂沒志氣的。」

「如果你不放心，一定要有志氣也行呀！你在最後補充說：『除此之外，我當然還要想法子學習英語，充實攝影知識及技巧。』將人人都可能說的，擺在後頭，聊備一格就可以啦。說這樣的實話，有情、有趣、有義又有志氣，才德兼備呀！多周延。」

兒子啼笑皆非的走了，我不知道他聽懂了沒有！

不過，我很高興的發現，經過這一番看似胡纏爛打的獻策後，兒子並沒有因此停止和我做類似的對話。每到黃昏，他總是興沖沖的到廚房來和我瞎扯幾十分鐘，而我們模擬的對談題目，也越來越海闊天空。有趣的是，從一次又一次的實驗中，我察覺到一位原本十分拘謹的男孩似乎已逐漸突破心防，開始解放思考模式，願意朝不同的方向去尋求答案。原先的小心翼翼，逐漸為奔肆的、天馬行空的聯想所取代。

不由地，我想到年少時候的自己：膽小乖順，服膺權威，是師長眼中的乖寶寶，卻從未學會認眞對待自己的意見及想法，老師的想法就是我的想法，同儕的意見就是我的意見。當我成長到必須自己作主的時候，才驚慌的發現變成了一個人云亦云的人，走別人走過的路，揣測別人也可能喜歡聽的話。隨著戒嚴的解除、言論尺度的開放，三十餘歲的我，才開始反思生命的意義，質疑長久以來被制式教育所宰制的悲哀。

我的孩子成長在開放的年代，但是，遺憾的是，儘管教育改革的聲浪，甚囂塵上，但是，不可否認的，實際的教育工作仍落在多數習於威權體制的教師身上，他們仍被刻板、教條式的觀念根深蒂固的制約著。分數至上，聯考第一，孩子的週記裡，仍和當年的我們一般，充滿了毫無誠意的、虛偽的反省文字：「這次的考試，數學成績不理想，下次要更加努力，不要辜負父母的期望。」

「歷史成績發表了！這次的成績全班最高分，我要繼續維持，不可驕傲，不要辜負老師的期望。」

……

而老師對如此缺乏眞心，甚至謂之爲「反射式」反應亦不爲過的文字，卻一再給予高分的評價，反而對學生原創性高的作品甚或眞心的表白，嗤之以鼻。時日一久，非但扼殺了孩子的創意，而且間接鼓勵他們的僞善。長久以來，我雖然不斷的在生活中引導孩子做獨立的思考，不幸的是，在現實功利的環境裡，這樣的引導往往不敵學校老師反智的懲罰和分數的利誘。

不期然的，我聯想起我教授散文的大一新生，剛開始，學生總是戰戰兢兢的寫些四平八穩的文字，徵聖宗經的那一套，根深蒂固的深植在他們的腦海。連自由命題的作文，最後還是繳出「如何淨化人心？」「忍耐」等八股到極點的文章，眞讓人爲之氣結！不過，等到他們確認教授並不喜歡那些沒有自己想法的文字，反倒欣賞他們寫出眞正的喜怒哀樂時，筆下便逐漸活潑恣肆起來！而當他們發現，機智幽默的篇章不但不會被譏爲嘻皮笑臉，反倒得到鼓勵時，寫出的東西便開始有了趣味性和生命力。我的孩子想必也是如此吧！他總是擔心，如果透露出一丁點的不平，就會被疑心爲異端；如果沒有表現出力爭上游的決心，就會被打入亂黨！這便是他之所以猶豫著做飯和抬便當能否登大雅之堂的原因吧！然而，怎麼會這樣呢？

因此，那年的春天，對兒子而言，我覺得意義非凡。當然，孩子的蛻變，並不能全然歸功於我的引導，也許是他逐漸長大，也開始意識到制式思考的侷限性，也或者是僵化的教育終於讓他感到不耐，而因之起了反動！我們就在一個個昏黃而焦慮的日子中，像遊戲般玩起了腦筋急轉彎。

很快到了應試的日子。臨上戰場前，我握著他的手叮嚀：

「總之，掌握兩個原則：一是說實話，別言不由衷；二是你原本想怎麼說的，就別那麼說！試著向習慣挑戰！」

兒子捏痛我的手，偏著頭抗議：

「你這是暗示我以前說的都是謊話、廢話嗎！媽！你很毒哪！」

「沒辦法！這一招，我是跟兒子學的！」

對於剛考完試的人，我們雖然充滿了好奇，但仍謹守不過問的原則。可是，回家後的他，似乎面有得色。我以爲幾天來的反覆命題及練習，矇對了題目，不禁暗自竊喜。後來才知道，我們苦心孤詣準備的題目，教授竟然一題也沒提出。一開始，就問他對那幢來了兩次的傳播大樓有何印象？

「我本來想說一些歌功頌德的話，並表示以能在此上課、接受教誨爲榮等，隨即想起媽媽的叮嚀，就乾脆跟他豁出去了！我說了實話。我說：我一直以爲傳播大樓應該像傳播工作一般，是非常摩登前衛的，憑良心說，一見到這幢建築，我是很失望的。它的樣式既不新穎，採光也不甚佳，而當我走樓梯上來時，跟一個胖子錯身而過，才發現樓梯眞是狹窄，心裡還嘀咕著安檢不知合格了沒？上到二樓，看見牆上淨是廣告系學生的人頭攝影，每一張臉都面無表情，更顯得這樓陰森森的，怪嚇人的；最讓我印象深刻的是，當我去上洗手間時，赫然發現男廁旁，竟然擺了個衛生棉販賣機，害我以爲走錯了地方……」

他說得興會淋漓，我聽得是頻頻點頭，倒不眞相信他當場即有如此條理井然的回答，後見之明的可能性，或者還高些。我除了高興的發現他顯然具備了新聞人最需要的敏銳觀察力外，更驚喜的是他終於學會了說出肺腑之言，學會了挑戰自己的習慣領域，不再人云亦云，全盤接受制式教育的宰制。

說實在的，我對他能否甄試成功並不是那麼在意，我眞正高興的是，當我三十多歲才學會的事，他提前在十七歲時做到了！而這樣的興奮裡其實是夾雜著辛酸的。辛酸的是，敦品勵學的誠實教學居然暗藏玄機，似乎專以培養說謊言為標的。我們的孩子儘管知道華盛頓的誠實絕對是種美德，但在考試時，說實話竟變成了他們艱難的挑戰！這樣的教育到底出了什麼問題？

——原載一九九八·一·十七《中國時報》人間副刊

輯二

青少女的成長記事

黃昏的小籠包

五點整，門鈴響起。在家裡附近上學的女兒，聲音急促的在電鈴那頭催促著開門，我如往常般和她開著玩笑：

「密碼！」

「啊！來不及了啦！開門啦！」

「密碼答不出來，顯然是老巫婆假扮我女兒，我才不上當，別想我給你開門。」

「好啦！好啦！……美少女啦！」

上樓的女兒，閃過一絲詭異的笑容，說：

「給你看樣好東西！你餓了嗎？」

吾家有女初長成

「餓昏了！這時候怎麼不餓？」

女兒神祕兮兮的從書包裡取出一個冒煙的小紙包，打開來，哇！居然是兩個小籠包！

「已經有好些天了，回家的路上，看見很多人都在排隊買它。今天，我下課得早，經過時，居然還沒開始排隊，我看機不可失，趕緊買兩個回來，我們一起吃！」女兒絮絮叨叨的說明著。

我接過小籠包，母女倆一小口、一小口的吃著，細細品嚐它的滋味，裡頭有女兒的孝心，吃起來味道特別好。

其後幾天，每次放學，她總是飛快收拾書包，搶先跑出校門，去買兩個小籠包子。有幾次，我很想提醒她：路邊的東西衛生嗎？可總說不出口。有一回，我從小籠包裡拉出了一小塊尚未蒸熟的豬肉，趁著女兒不注意，將它丟到垃圾桶裡。儘管如此，我還是捨不得讓女兒知道，因為，我是如此珍視每日黃昏時分，和女兒一起吃小籠包的溫暖感覺。兩個人，邊談著學校發生的事，邊享受著女兒體貼的心意，人生還有什麼比這更幸福的事呀！

一天，女兒突然跟我說：

「媽！將來，如果我有女兒，一定要告訴她：上高中的時候，我每天黃昏都跟我的媽媽一起吃小籠包欸！到時候，不知道我的女兒會不會也請我吃小籠包？」

啊！將來！將來當我老到不能動彈的時候，當女兒和我的外孫女正談著這些事的當兒，她可能再不像現在般和我成天膩在一塊兒，也許，她遠在天涯海角，那時候，溫暖的記憶或者將成爲我撐持黃昏歲月的動力亦未可知吧！我如是揣想著，覺得自己幸運而滿足。

——原載一九九八・三・二十《聯合報》副刊

吾家有女初長成

報名參加爲期三十多天遊學團的女兒，興奮的準備著行囊。備忘錄上提醒著，必須準備一套正式的禮服，因爲行程一開始就是豪華郵輪之旅。從未參加過任何社交活動的她，興奮的頻頻幻想著：

「啊！穿上漂亮的小禮服，昂首走在音樂流洩的大廳裡，矜持的頷首爲禮，哇！驕傲地像開屏的孔雀！媽！你想，我會不會在那兒找到一位白馬王子？」

我煞風景的提醒她：

「哎呀！先別想那麼多！你的小禮服還沒著落呀！」

爸爸則更務實的教訓她：

「到底你是去讀書？還是去玩？眞是搞不清楚！」

她才不管！辯解著：「讀當然得讀，玩還是得玩呀！媽媽不是說：讀書要專心，遊玩也要徹底嗎？」

翻箱倒櫃的，翻出媽媽前些年的一件小禮服，稍微修改一下，勉強湊和。她在鏡子前，左顧右盼、搔首弄姿半日之後，皺眉嘟嘴的埋怨：

「都是你啦！把人家的臉生成這樣幼齒！穿正式的禮服看起來很滑稽哪！要是我的臉再老一些就好了！……嗯！化化妝，可能會顯得成熟些。」

於是，爲了讓自己顯得老一些，她把我的那些有限的化妝品做無限的運用。口紅兼做腮紅，眉筆兼畫眼影，大功告成後，整個脫胎換骨，像是戲台上的花旦。哥哥一向狗嘴裡吐不出象牙，就不指望他說出什麼中聽的話了；連忠厚的爸爸看了，都又皺眉又搖頭的，就像見到什麼怪物一般；而我，彷彿看到年輕時的自己，突然非常慶幸當年沒跟著歌仔戲班跑掉，憑那造型，絕對成不了氣候。女兒對這樣的反應感到相當不滿，她覺得我們保守、固執，根本跟不上時代，懶得再搭理我們。

遠遊歸來的女兒，對那天的舞會有具體的描述，她杞人憂天的在一篇遊記裡寫著：

「……企盼許久的舞會終於來臨！我又緊張、又興奮，心臟差一點從胸口跳出來。音樂很美，氣氛很好，可惜，縱觀全場，並沒有想像中的白馬王子出現。我談得很多，跳得很少，大概是因爲生就一張幼齒的臉，男生都把我當小妹妹看待，讓我感到很洩氣！不知道要到什麼時候，我的臉才會變得比較成熟？我很擔心，有一天屬於我的白馬王子眞的出現了，我的臉孔卻還沒長大，那時候，該怎麼辦呢？……」

——原載一九九八・十一・十一《聯合報》繽紛版

詭異的約會

畢業考前夕，女兒正在書房中做最後衝刺。電話鈴響起，找女兒的。過了一會兒，女兒摀著聽筒，跑過來，興奮的問我：

「怎麼辦？以前國中的同學找我出去欸！考完試後。」

「這有什麼呢！看你興奮成這個德性！想去就答應呀！」

「不是啦！張中慧欸！以前同班時，從來沒理過我的，三年後，突然找我出去，不是很奇怪嗎？」

「是很奇怪！你就問她爲什麼呀！」

女兒把摀著聽筒的手拿開，對著電話筒說：「你突然來約我，嚇了我一大跳！到現在心臟還噗噗跳不停，你約我出去做什麼呢？還約了其他的同學嗎？」

據女兒後來的轉述，張中慧重考後，念了私立高中，今年高二，因爲剛考完試，很無聊，所以找女兒去吃飯、逛街。女兒很直爽的問她：

「可是，我跟你又不熟，跟你去逛街做什麼？我不知道能跟你說些什麼？」

張中慧對這樣無禮的回答，似乎並不以爲意，她認眞的再接再厲遊說：「逛街又不需要說很多話，你怕什麼！我又不會把你吃掉！」

然後，她跟女兒約在東區小雅服飾店見面，女兒膽子小，不敢冒然答應，決定留下她的電話，和家人商量後回覆。

孩子的爹，一向做事謹慎，說：

「其中必有緣故，把事情弄清楚再決定，三年的變化很大，誰知道她是不是交了壞朋友，變壞了！也許是來借錢或爲幫派招兵買馬之類的！」

不知道從什麼時候起，這個男人變得這麼富於想像力！我譏笑他：

「嘜呀！不過約了吃頓飯，虧你能想出這麼多！」

兒子也發表看法支持，同屬男人觀點的：「話不是這麼說！萬一，妹妹跟她一起去吃飯，她趁著妹妹一不留神，在妹妹的飲料裡下迷藥，然後，把她推入火坑。……報紙上不是常有類似的報導嗎？」

雖然，我比較傾向「兩個男人都瘋了」這樣的結論，但是，不怕一萬，只怕萬一，於是，大夥兒決定改約在家附近的木瓜牛奶店；而且將晚上的約會，改成中午；而我竊自決定，像偵探小說中所寫的：喬裝打扮，戴上寬邊草帽遮住臉孔，就躲在不遠處嚴密監視，一有風吹草動，馬上撲將上去。女兒被我們嚇得既緊張又興奮，撥電話的手直發抖。然而，所有的對策最後全部落空，因爲，一晚上，她留給女兒的電話都無人接聽。

第二天，女兒的另一位國中同學打電話來，警告女兒：張中慧到處打電話，先吃飯，後借錢，叫女兒不要上當！禁不住一晚上緊張刺激的女兒，除了畢業考成績大受影響外，對人性的信任亦因之徹底崩潰；而我，再不敢輕覷家中兩位男子的無邊無際的聯想，畢竟，這是個無奇不有的世界。

——原載一九九八・七・二十三《聯合報》繽紛版

美麗一下又何妨！

下課回來的女兒，無限神往的告訴我：

「你不知道我們班的小瑜有多棒！她去婚紗攝影公司照了好幾組藝術照，漂亮得不得了！你知道張惠妹吧？照起來像透了張惠妹！」

我努力回想小瑜的臉孔，怎麼也無法拿她和張惠妹的樣子聯想在一起，我好奇的問：「張惠妹？你說小瑜像張惠妹？怎麼可能！小瑜不是上回到家裡來借運動服的那位嗎？挺清秀的那位。」

「是呀！就是她呀！你不曉得現在的攝影社有多神！把小瑜拍得像電視明星一樣美！一點都不像她本人，眞的！好厲害哦！」

過沒幾天，女兒帶了小瑜的沙龍照回來，果然一點都不像小瑜。女兒說：

「我們同學都羨慕死了！好多人都跟她要照片留念，因爲要的人太多，小瑜沒那麼多的錢洗照片，所以，只送每人一張，其餘還要的，必須自己出錢去洗，我已經又多洗了兩張。」

我覺得奇怪，問她：「要照片留念，是爲了怕忘記這位同學的容貌，你們卻去洗這些一點都不像小瑜的照片，不是失去了留念的意義了嗎？過幾年，你們怎麼還記得這張照片裡的人是誰？」

女兒說不過我，不太高興的回答：「哎呀！你好煩呀！反正我們就很喜歡這樣的照片就對了啦！誰管那麼多。」

又過了幾天，女兒又拿回來兩張更不像小瑜的小瑜的照片，每隔一段時間，就看她取出來回味一番，嘖嘖稱讚。不到一個禮拜後，女兒開始釋放一些訊息，說是畢業紀念冊上需要一張她的照片，她說話的方式，引起我的注意：

「都沒有一張比較像樣的照片可以登！不是太幼稚，就是太矬！」

「怎麼會呢？前次爲了出國，不是才照了大頭照嗎？我看那張挺好的！」

「拜託！媽！沒有人拿那麼呆的大頭照的啦！你完全跟不上時代了哪！人家攏嘛拿很騷包的照片！笑死人啦！大頭照！眞虧你想得出來！」

我故意裝傻，說：「要騷包的？那上回去日本，你不是穿了和服，照了一些相片嗎？應該夠騷包了吧！」

她看我不通氣，跟她沒默契，惆悵得進屋裡去。

不由得，我想起年少時候，從小讓姨媽收養的四姊，曾經在一個午後，偷偷秀了幾張身穿和服、手拿紙傘，側身媚笑的沙龍照給我們看，當時，我那種豔羨得差點兒流口水的心情，如今回想起來，還恍如昨日。於是，我進女兒房裡，熱情澎湃的向她說：

「好吧！爲了你的畢業紀念冊，我們就去照一張跟小瑜一樣的沙龍照吧！」

女兒驚喜莫名，不敢置信的說：

「眞的嗎？你眞的肯讓我也去照一張嗎？」

「眞的呀！明天你就問小瑜地址，這個星期天，我們就去！」

也許是我的反應過度熱烈了些，女兒反倒開始躊躇了。第二天下課回家，她有了不同的看法：

「我想了想，還是算了！拿那種沙龍照放在畢業紀念冊上，我還是不太敢！這樣好了！等我畢業以後，把頭髮留長一些，你再陪我去照，就當做我十八歲的生日禮物吧！反正，現在這種清湯掛麵頭，照起來也怪怪的，不搭調！」

這下子，輪到我惆悵得無以復加，我鼓勵她：

「拜託啦！我們去照一張啦！留個紀念嘛！」

女兒老氣橫秋的回說：「哎呀！別這樣啦！那種不像本人的照片有什麼紀念價值嘛！別幼稚了啦！」

——原載一九九八・八・十三《聯合報》繽紛版

方便反成不便

女兒自小身體孱弱，感冒、發燒、氣喘，經常輪番上陣。為了讓她在讀書、參加藝文活動時更加方便，並免去舟車勞頓、四處奔波之苦，我們省吃儉用，總算在中正紀念堂邊兒安家落戶。住家附近，不但交通方便，國家劇院、音樂廳、中央圖書館都近在咫尺，而且方圓一公里內，大大小小的學校，不下二十所。從東門國小、金華國小到中正國中、弘道國中，甚至北一女、附中、建中、成功，連台北商專、台大、師大幾乎都遙遙在望。

女兒考上離家不到一百公尺遠的女中時，我們雖然不免有些失望，但是，一想到別人的女兒可能得一大早起床，或擠公車或走遠路，緊張且恐懼的在這個治安敗壞的城市裡奔走，而她可以高臥到上課前五分鐘，再閒閒的散步進校門，外

子和我都不禁露出慶幸的微笑。

誰知，方便反成不便。因爲住得近，學校的大大小小的雜務開始紛至沓來。剛開學，服務股長便找女兒商量：

「我家住新店，坐公車拿掃把、提水桶，很不方便！你家住得近，幫忙買一下打掃用具好嗎？」

義不容辭！女兒爽快的答應了。然而，購置的用具，又多又雜，長長短短，做媽媽的我，何忍置身事外！於是，找了好幾家商店，總算照著單子將所需的東西全買齊了，並起了個大早，夥同著女兒，汗淋淋的把一干用具搬進教室。不料，傍晚，女兒回家時，竟嘟著嘴說：

「同學說，我們買的拖把落伍了，現在有一種比較好用的，而且掃把也不對，應該要買竹掃把，外掃區……」

教師節接踵而至。班會結束後，學藝股長也來找女兒，她苦著臉說：

「既然決定送老師鮮花各一把，恐怕也只能麻煩你去買了！我家住天母，拿十二把鮮花，怎麼擠公車呀！」

於是，爸爸臨危受命，和女兒一起開車到永康街，在捉襟見肘的經費下，再三衡量斟酌，總算完成任務。次日，我和女兒像傻瓜一樣，捧著十二束鮮花，一路露出尷尬的笑容，將它送達教室。事後，女兒氣呼呼的告訴我：

「有同學說，幹嘛買百合！百合很貴哪！而且，導師的花，也應該比別的老師大把一些的，還有些同學嫌太貴，說這些花在新店買的話，要不了那麼貴……」

其後，更是沒完沒了。同學忘了帶體育服裝，拜託女兒回家來多帶一套；同學上課忘了帶磁片，已經到學校的女兒，又不辭辛苦的奔回家裡幫忙帶一片；家裡沒有印表機的同學，成群結隊到家裡來列印，當然也沒忘記留下各式各樣的病毒，害我成天跟不時當機的電腦奮戰不休。做壁報，找蔡含文，她家近；買禮物，找蔡含文，她家近；早晨站崗，找蔡含文，她家近；臨時有事，得留校服務，還是找蔡含文！體質孱弱的女兒，因此疲於奔命。雖然因爲家裡住得近，不必擔心被綁架，不必擔心遲到，卻也因爲學校離家近，帶來許多不必要的痲煩。女兒有時甚至不勝嚮往之情的憧憬：

「要是我們家住在木柵就好囉！我就可以不必……」

校慶到了！班上同學決定在園遊會時賣米粉、水餃和貢丸湯。女兒回來和我

商量：

「冷凍的貢丸和水餃可不可以先放在我們家的冰箱裡？天氣很熱，放在外頭，時間久了，怕會壞掉。」

於是，大批的貢丸和水餃進駐。雖然，事先已經狼吞虎嚥下大批冰凍食品，女兒還是埋怨家裡的食物佔掉太大的空間，言下之意，似乎是我展示的誠意不夠！

可怕的事還在後頭。當天，一早發現同學帶去的鍋子太小，女兒奉命跑回，將家裡最大口的鍋子匆匆扛走；沒十分鐘，又飛回來，氣喘吁吁的說：

「快！快！錄音機在哪兒？同學說，要有一點音樂，才夠情調！才能招攬顧客。」

才剛出門不久，又看她奔回，急急說：

「忘了錄音帶！要熱門一些的，不要你們那些古典音樂的。」

她到哥哥房裡搜刮了一些後，飛奔而去。我被她攪得心浮氣躁，半天都定不下心做事。剛調整好心情，又見她匆匆回來，打開冰箱說：

「帶去的水餃、貢丸已經快賣光了！還要從冰箱裡拿些過去！」

一個早上，她來來回回跑了不下二十趟，差點兒氣喘的宿疾又發作。我覺得奇怪，問她：「你們同學呢？爲什麼你一個人馬不停蹄？」

一向厚道的女兒，連忙解釋說：

「有幾個同學正忙著煮水餃！還有些人要賣東西呀！忙死了！」

那天中午，下班回來的外子，決定和我一起去給女兒的班上捧場。女兒看到我們來了，露出欣喜的笑容來接待。教室裡，熱門音樂震天價響，一群群的男女學生，嘻笑怒罵，打過來，追過去，好不熱鬧！只有三兩位同學站在窗口賣東西。

熱呼呼的瓦斯爐前，有一位披頭散髮的婦人正忙著下餃子、端貢丸湯，我當是熱心的家長。女兒高興的拉著我們到她面前介紹，這才知道原來是她們的導師！隔著一道道飄過的蒸氣，導師的臉露出疲憊的笑容，在音樂聲中，提高嗓門對我們說：

「不好意思！很打攪你們哦！你女兒好乖！很熱心服務哩！今天多虧她。」

天色逐漸暗下來了！估量著園遊會應該已經結束了，女兒卻仍不見蹤影。我和她爸爸信步踱進人潮已漸次散去的校園，看見空盪盪的教室裡，女兒正彎著

腰，獨自狼狽的收拾著從家裡帶去的鍋碗瓢盆和錄音帶、錄音機，提起這個，掉了那個，居然沒有任何人幫忙！我差點兒哭出來！

——原載一九九八・十・十五《聯合報》繽紛版

有其母必有其女

冬日的黃昏，天黑得特別早，才五點多鐘，從窗口望出去，已是闃黑一片。先生快下班，我猶自在電腦網站上，匆匆和讀者及學生溝通著。

廚房裡，微微有些煙霧，電鍋裡，米香四溢，我揚聲交代女兒：「女兒呀！請你把冰箱內的秋刀魚放進烤箱內烤，好嗎？爸爸快回家吃飯了呀！」

我大略說明設定的溫度及時間後，聽到女兒愉悅的回覆，接著是扭轉烤箱轉鈕的聲音，我放心的又把注意力集中在電腦上。半個鐘頭左右，一個清脆的轉鈕回歸原位的「噹」聲響起，我估量著外子快進門了，關了電腦，伸了伸懶腰，決定下廚再加炒一道青菜，熱一熱昨日的一鍋紅燒肉及筍湯，應可湊合一頓晚飯。

青菜起鍋後，我準備取出秋刀魚，這一探頭，可眞是大驚失色！秋刀魚仍顏色如故的靜靜躺著，烤箱居然沒有插電！想到即將回家吃晚飯的外子，我心急如焚，不禁提高了音量，氣急敗壞的跺腳責備女兒：

「嗳！眞是糊塗加差勁欸！叫你做事眞不可靠呀！現在糟了！爸爸馬上回家吃飯了，怎麼辦？眞是！每次總是出差錯，什麼時候才能教人放心啊？……」

女兒很不甘心的辯稱：

「怎麼會這樣？剛才我還聽到『噹』的一聲呀！怎麼一回事？這台機器太奇怪了！」

我們擠著頭研究著，這才發現，原來轉鈕不必插電，也會轉動，眞眞大吃了一驚！女兒吐了吐舌頭，抱歉的說：

「對不起啦！我不曉得是這樣的，以爲有響聲就已經在運轉了，誰知道會有這樣奇怪的事發生……」

她略略停了一會兒，隨即輕聲笑了起來，惡作劇的接著說：

「不過，這麼糊塗，也證明了我確實是你親生的女兒欸！」

外子回家了，我和他抱怨著女兒的糊塗，外子笑著說：

「怎麼能怪她呢？這叫有其母必有其女呀！」

眞是豈有此理！這世界還有公道可言嗎？

——原載一九九八・三・二十《聯合報》繽紛版

評審根本不識貨

學校宣佈月底要舉行軍歌比賽，女兒興奮得什麼似的，把塵封多時的吉他又搬出來，咿咿阿阿的唱個沒完，有點兒荒腔走板。爲了不打擊她的信心，我們盡量忍受著，不加以批評。可是，實在太久了，忍受終於超過了限度，爸爸說話了：「休息一下吧！也練得夠久了！」

「不行呀！我還沒練會呀！不下點功夫，會拖累班上的呀！怎麼能休息！」

我無論如何受不了了，很殘酷的註釋道：「是讓我們休息一下呀，我們快瘋了呀！這樣的軍歌只會讓軍隊抓狂呀！」

女兒氣了，不服氣的說：「嫌我唱得不好？那你會嗎？」

終於搔到癢處了！我取過曲本，驕傲的回答：「這就對了！早該移樽就教的

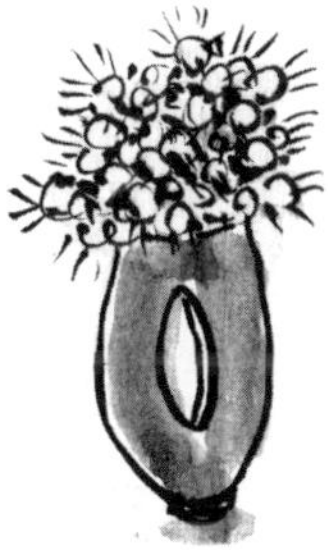

嘛，現成放著一位音樂高手不請教，浪費資源嘛！」

我清了清喉嚨，也咿咿嗚嗚的唱將起來，屋子裡，驀地像駕臨了八百壯士，殺伐之聲盈耳。爸爸受不了，躲進臥房內；哥哥忍不住，奪門而出。我們不管，依舊意興昂揚的唱著，就像隨時要揭竿起義般。

每天放學後，她們認眞的留校苦練到六點半，幾乎是風雨無阻。因爲不停的練習，女兒的喉嚨，在練唱的第四天就啞掉了。第五天，因爲在微風細雨中站太久，回到家的女兒開始發燒到四十度，我估量再繼續下去，就只有陣亡一途。於是，終於在老師恩准下，得以豁免參加。女兒惆悵地無以復加，不時的回來報告練習進度。

終於到了比賽的日子了，放學回家的女兒才放下書包，就迫不及待的告訴我：

「媽！本世紀最荒唐的事情發生了！今天軍歌比賽時，居然有一位同學缺席，預排的圖形因此缺了一角，臨時又讓我臨陣磨槍了兩節課就上場，你說好笑不！眞是荒唐！」女兒既興奮又靦腆的說著。

「你們有沒有得到名次啊？」

「沒有啦！但是老師對我們這次的表現很滿意哪！她說我們表現得很好，都盡了全力了，唱歌也唱得很大聲，很有朝氣。本來嘛！志在參加不在得獎的呀！」

這位夸夸其言「志在參加不在得獎」的女兒，在那樣一個黃昏，不時的跑過來告訴我：

「你不知道我們唱得有多好！比得獎的那班好太多了！評審根本就不識貨！太差勁了！」

「你應該來聽聽我們唱的，我雖然是臨時補位的，但是，也沒有漏氣！都走對了位置。評審太不公平了啦！……」

——原載一九九八．三．十二《聯合報》繽紛版

發高燒的危機

因爲亢奮及緊張，勤於爲軍歌比賽練唱的女兒，終於不支病倒了，請假在家一天後，她扶病上學，拿假單給老師時，被老師訓斥了一頓：

「怎麼那麼差勁！身體哪會那麼弱，才練習那麼一會兒，就生病！」

以此之故，她再不敢和老師抗辯，黃昏又在微雨中佇立練習良久，回家疲累得倒頭便睡，我爲她量溫度，居然高達四十。我一邊心疼女兒的膽怯，一邊埋怨老師的殘忍，於是，打電話和老師溝通。接電話的老師理直氣壯的說：

「是呀！我是說她差勁呀！才練一下軍歌，就生病！未免……」

話裡的口氣，顯然有一些些不信任，似乎生病是爲了躲懶所找的藉口。我急了，爲了證明她自幼體弱多病，我開始歷數她的生病史：

「她呀！只要一興奮，很容易就會發燒。從小就這樣，一點辦法也沒有！小學畢業時，和她外婆一起去泰國旅遊，旅途中也發高燒；國中時，我們全家去美西旅遊，在玩到最盼望的迪士尼樂園的前一晚，也突然高燒不止，以致當天沒能跟上，只有倒臥在旅館裡哼哼唧唧。還有……」

話還沒說完哪，老師突然緊張的打岔：

「啊！……那她有沒有報名參加畢業旅行？有沒有啊！……」

我愣了一下，惆悵的回說：

「沒有啦！你放心啦！」

電話那頭，明顯是如釋重負的驚嘆，不過，老師隨即不好意思的辯稱：

「啊！我的意思是說……是說如果要去，那就得格外小心才好！要多準備些退燒藥什麼的。」

我掛下電話，心裡怪怪的，覺得老師有一點太現實。

隔了幾天，和朋友閒聊時，提及此事，談到在美國鬼城，女兒發高燒，全團團員，一一卸下行李，翻遍皮箱，找退燒藥的情形。還沒說到老師的不近人情哪，朋友忽然著急的打岔：

「那過年時，我們一起到京都去，可得多準備些退燒藥才行哪！眞糟糕呀！要再發燒起來可不得了啊！」

——原載一九九八・七・十六《聯合報》繽紛版

躍躍欲試

黃昏，女兒下課回來，總是和我有說不完的話。那天，回到家的女兒，一反常態的沒說半句話，我跟進她房裡，了解狀況。她有一點悶悶不樂的說：

「今天老師選拔同學去參加書法比賽，又找去年得獎的那位同學去，其實，我覺得她寫得未必比我好，又參加過了，老師好差勁！我書法練了那麼幾年，很想去試試自己的斤兩，跟高手切磋切磋，老師一點也不識貨！就是不派我去！去年就算了，今年又這樣！」

我笑起來，開導她：

「你們老師教會計，未必懂書法，你爲什麼不自告奮勇去報名？老師看那位同學去年得第一，當然希望她繼續爲班上爭取榮譽呀！你不說，人家怎麼知道你想參加！」

「自告奮勇？我臉皮才沒有那麼厚，誰稀罕！……你們當老師的都這樣勢利嗎？只要贏了，就一直讓同一個人去比賽嗎？那別人不就永遠沒有機會了嗎？」

她哀怨地一連丟出了三個問號，倒讓我差點兒為之語塞。我訕訕然回說：

「也不見得所有老師都是這樣的啦！……就算你們老師不識貨，你自己不敢去爭取機會，還不是也很差勁！」

女兒被我激得，有些不肯示弱，辯道：

「又我錯了！我要怎樣去爭取？老師都已經宣佈了人選，她又沒有徵求我們同學的意見，連提名表決也沒有，我現在去和她說，她能怎麼做？把人家換下來嗎？」

「不一定要換下來呀！如果我是你們老師，也許就會到訓導處去爭取多報一個人選，讓有興趣參加的人，都有機會呀！充其量多準備一張宣紙罷了，有什麼不可能！」

女兒轉過頭去，不再和我說話。

我走出她房門時，彷彿聽到她嘟嘟囔囔說：

「說得多神勇哦！你以前敢這樣做嗎？我們才沒有人敢這樣做哪！萬一眞的報上了名，又沒得獎，會被老師跟同學笑死哦！」

——原載一九九八・三・二十《聯合報》繽紛版

參加演講比賽

按電鈴的聲音，又急又大，我知道一定又有事情發生，進得屋來，女兒把整個人拋進沙發裡，不待我發問，就氣急敗壞的說：

「可怕的事發生了！同學居然選我參加演講比賽！這不是要整死我嗎？你知道，我一向膽小如鼠，叫我在那麼多人面前演講，鐵定完蛋啦！我覺得我們老師很奇怪呢！上次我很有把握的書法比賽，不讓人家參加，偏偏這種一竅不通的事來找我，眞是讓人想不通哩！」

「這也是種磨練呀！已經有把握的事去參加做什麼？就是要挑戰自己呀！」

女兒露出納悶的表情，回說：

「媽！你在說什麼呀？比賽欸！誰讓你去磨練呀！去比賽，就是想得名次

耶，我慘了啦！現在乾脆一頭撞死算啦！」

「哪有那麼嚴重！你在小學時，不是也參加過朗讀比賽，還得了第二名呀！」

「噯呀！這不同啦！小時候傻傻的，什麼攏不驚！現在人家很害羞呢！」

雖說不情願，女兒還是全力以赴，我提醒她以小故事來說明，比較容易引起注意，說理不能膠著，必須有漸進的層次感，她伏案斟酌，屏除俗套，寫出了一篇相當不錯的講稿後，開始背稿子，並很快進入實際演練狀況。

就在接近比賽日期的前幾天，早自習時，女兒突然被導師叫上台去試講，因爲事出突然，講得當然很差勁了，據女兒的轉述說：

「你都不知道有多慘，我的兩隻腳，從頭抖到尾，如果不是有一張講桌讓我掛著，我整個人一定暈死在講台上。事後，同學給我提供十大批評，一是目光呆滯，二是臉上肌肉僵硬，三是聲音發抖，四是講詞背不熟練，五是看起來很害怕的樣子……」

我聽了，忍不住哈哈大笑，覺得他們的批評眞是切中要害。女兒瞪了我一眼，進到房裡，懶得理我。比賽的前一天，她在家裡，試講給我們聽，講得好極了！音調鏗鏘、咬字清晰，抑揚頓挫，中規中矩，連一向挑剔的哥哥，都給她最大的掌聲。

比賽結束那天，她有氣無力的回家，說：

「明天才宣佈結果！不過，我知道我不會得名次啦！因爲老師總結講評時，說沒有加手勢的人會很吃虧，好像就是在說我嘛！」

比賽結果揭曉，果然是有強烈肢體動作的那幾位同學獲獎，女兒苦心孤詣寫出的情辭並茂講稿沒有受到青睞，她情緒複雜的寬慰自己說：

「這次比賽，雖然沒有得獎，但是，讓我學到很多，以後再有機會，我就不怕了！」

經過幾天的輾轉反芻過後，她的說詞慢慢有了一百八十度大轉彎，她既灰心又憤恨的說：

「什麼手勢！不是你們以前小時候演講才這樣比來比去嗎？好可怕！要這樣才能得獎？媽！你去演講，有做那樣讓人起雞皮疙瘩的手勢嗎？內容不是更重要嗎！……我看，老師壓根兒不識貨，啊！眞後悔去參加呀！」

——原載一九九八．三．十二《聯合報》繽紛版

三過其門而不入

寒假快過去了！懶洋洋的女兒突然振作起來，壯志凌雲的宣佈：

「明天開始收心了，再不振作起來，開學可慘了！媽！明天開始，你有什麼事，就交給我來辦好了！」

那晚，爲悼念即將逝去的墮落寒假，她用加倍的委靡來和那些日子say goodbye，大吃特吃、看遍電視上所有最濫情的電視劇，不時的四仰八扠躺在床上呻吟「無聊呀」！

第二天，果然一早便起床！她站到廚房中高喊：

「起床！起床！你們這些小豬還不起來，太陽都曬到屁股了！」

看到媽媽和哥哥的反應十分冷淡，她分頭到他們的臥房裡，問道：

「早餐吃什麼？今天我來服務。……呀！碰到一群小豬，沒辦法呀！」

她艱苦卓絕的探問出來各人之所需，下樓，騎上車子買早點去。沒一會兒工夫，氣喘吁吁的上來，嘴裡嘟囔著：「快起來！快起來！要趁熱吃！涼了，就枉費我飛車回來的苦心了！」

兩個猶自擁被高臥的人，不堪甚擾，只好起身吃早點。正吃著，她又精神抖擻的說：「媽！有什麼事我可以效勞嗎？從現在起，我打算把自己訓練成賢妻良母！有事儘管吩咐。」

媽媽想起有些稿子要複印，她拍拍胸脯，急急嚥下最後一口早餐，又下樓去了。複印的地方不遠，就在家裡附近的學校旁，她很快的達成使命後，取出書本，說：

「不行了！我得加把勁兒了，剛才去複印的時候，看到一大群我們學校的學妹，好像去學校用功，我再懶洋洋的下去，鐵定完蛋！」

個把鐘頭過去，她從書堆中起身，踱到書房來，說：

「您這麼忙，有時間去買菜嗎？要不要讓我去試試！」

得到媽媽的首肯後，她又騎上腳踏車走了，媽媽從樓上遙送她奮力扭動身軀的背影逐漸逝去，不禁感動得流下淚來。

菜買回來了！她大驚小怪的告訴哥哥：

「噯！我們學校今天不知道發生什麼事，人好多呦！」

電話鈴響了！是找她的。她皺著眉頭，對著電話那頭說：

「怎麼會這樣？不是十四號才返校嗎？……奇怪欸！」

放下電話，她垂頭喪氣的說：「完了！今天是返校日，我居然忘了！我從學校經過三次，竟然沒想到！怎麼會這樣？我難道得了老年癡呆症？今天發成績單哪！成績都被同學看光了啦！慘哪！」

她悶悶不樂的躲進房裡，過一會兒，她又神采奕奕的出來，問我：

「媽！我這樣是不是和大禹一樣，所謂『三過其門而不入』，因公而忘私嘛！是不是？」

——原載一九九八・五・二十七《中國時報》人間副刊

可憐天下父母心

國二時，女兒的理化成績一直不理想。她哥哥出主意了，說他以前去的那家理化補習班老師很風趣，上課不枯燥，而且歸納得很清楚，鐵定一聽就懂。我估量補習班離家不遠，此事便在徵詢女兒意見後敲定。

因爲口碑不錯，報名情況踴躍，託了她哥哥的福，女兒總算眉開眼笑的報上了名。頭幾次上課，很興奮，回家總是嘰嘰喳喳說個沒完，不外老師做了什麼有趣的比喻啦！說了什麼笑話啦！考試的成績也略有起色，我們總算放了心。

日子久了，新鮮感逐漸褪去，每回送她去上課時，發現她再也沒有當初的熱情，化學方程式、元素表似乎把她整得七葷八素，常常聽她口中喃喃有辭，連作夢也不例外，我想起年少時同樣因此噩夢連連，不禁一掬同情之淚。

一學年很快過去，學期末，補習老師突然宣佈，即將舉行一次會考，成績不佳者，將被淘汰！女兒緊張得什麼似的，請求學化學的爸爸伸出援手。外子自從離開學生生活後，再沒有這麼認眞過！日日秉燭夜讀，和女兒一起複習功課。可惜，這方面，女兒似乎少根筋，怎麼也記不住。考試那天，爸爸安慰幾乎暈倒的女兒說：

「沒關係啦！盡人事，聽天命了。萬一被淘汰，回家來，爸爸自己教！什麼了不起！有這種補習班！開玩笑！我們要是都會了，幹嘛找他補習？豈有此理！」

終於，萬一的事情發生了！女兒沮喪的回來報告壞消息，滿懷歉意的對夙夜匪懈的外子說：

「對不起爸爸！讓您失望了。」

我雖然對補習班的做法有些生氣，套句流行歌曲的詞兒：「但是，又何奈！」

沒想到，幾天過後，認識我的年輕師母打來了電話，她很抱歉的問我：

「你們還願意讓女兒來補習嗎？特別通融的，不敢給別的學生知道。你曉得補習班也有升學壓力的，……」

在電話旁的外子聽說了，急急的接過電話說：

「啊！謝謝啊！眞不好意思！讓你們破例。你放心好了！去補習以前，我一定會在家裡先幫她補習一番的，不會讓她差太遠的，謝謝啊！」

——原載一九九八．五．二十七《中國時報》人間副刊

可憐的國慶壁報

「有一個作家媽媽眞倒楣，你看！同學又選我畫國慶壁報，眞煩欸！」女兒從學校回來氣唬唬的抱怨著。

我覺得奇怪，國慶壁報跟我的作家身分又有什麼關連？我是寫作的，又不是畫畫的，以往，參加作文比賽或演講比賽，說是被我害的，還勉強說得過去，國慶壁報又干我什麼事！我可不願隨便被冤枉！

「她們哪知道寫作和畫畫的差別！反正都是拿筆的。她們哪裡管拿的是水彩筆，還是原子筆！總之，做你的女兒，有時候很倒楣欸！」

這是什麼理論！太豈有此理了！不過，看她的心情眞的很不好的樣子，我識相的不再和她抬槓。

從那以後的兩個星期，女兒每天帶著兩、三位同學回家，在和式的房間裡，埋頭研究。不時的，幾個人拉著手出去購買文具之類的，回來便又剪又貼的，經常會在屋內留下紙張的碎屑。偶爾，吃飯時間到了，只好留下來一起用飯。一堆海報紙捲放在角落，我也沒去打開來看，只和她爸爸說：「嗯！看起來很愼重哦！弄了那麼久還沒好。記得以前我也常編壁報，總是三兩下就結束，過得去就算了，她們比我當年認眞多了！」

終於到了截止日期的前一晚。四個人弄到沒時間、也沒心情吃飯，和式房內的桌子不夠大，他們移師到客廳裡來，第一次看到她們的作品，我們簡直不敢置信！兩張顯然剛剛拼湊起來的黏貼在保力龍上的深藍色海報上，空無一物！剪開來的幾十個美術字散落各處，我和她爸爸、哥哥看得目瞪口呆！哥哥修養較差，說話較直接，問道：

「就這樣？你們搞了十幾天，就這樣？」

別的女孩子全害羞得低下了頭，女兒辯道：

「你以爲那麼容易哦？原先有幾個構想，全部被推翻掉，每次弄了一半，總有人不滿意，又重來，又重來，……哎呀！我就跟老師說，我們不行、沒天分嘛！老師非要說行，現在可好了，怎麼辦？」

「沒關係！慢慢來，這事本來就不容易，反正還有足足一晚，趕快！」

前面幾句是門面話，安慰我自己的，實際是後面的「趕快」二字，才是重點。爸爸看不下去了，很務實的提出意見：「為今之計是完成它，不必再講究品質了，我看，只要能交差，就算了事了！趕快動手吧。」

於是，四個人趴到地板上塗抹剪貼起來。有幾個字找不到，又重新剪，沒一會兒工夫，兩位同學託言時間太晚，先行離去，又過了半個鐘頭，剩下的那一位，也撒腿跑了。眼看就要開天窗，女兒差一點哭出來，頻頻哀號：

「怎麼辦？完全沒概念，我根本不行嘛！怎麼會叫我做壁報？老師好差勁！她肯定以為你會幫我的忙，誰知道我媽是鐵石心腸！……」

她的意思很明白，可是，我假裝聽不懂。她爸爸受不了了，說：

「好啦！好啦！別再抱怨啦！解決問題要緊。這張壁報顏色太深了，藍色的底，淺咖啡的圖和字，四周還畫黑框框，看起來不夠喜氣！」

他歪著頭，打量半晌，拿起水彩筆在海報四周的黑框上，加上幾朵漂亮的黃花。「這樣看起來是不是亮一點？好看一些！」

我們把海報架起來，遠遠的看，我心裡一驚，可是，沒敢說話，怕惹禍上身。大夥兒都沒說話，事情算是告一個段落。

第二天傍晚，我的擔心，果然落實。女兒氣急敗壞的回來，說：

「早上我們把壁報送去訓導處，中午，壁報就被訓導處丟回來，負責的老師罵我們說：『是國慶壁報欸！又不是蔣公逝世紀念日，又是滾黑邊兒，又是黃菊花！你們在搞什麼呀？』都是爸爸害的啦！眞丟臉死了！同學都笑死了啦！……」

——原載一九九八・五・二十七《中國時報》人間副刊

你不知道我的成績有多爛

天色已暗，微雨中，母子三人在車水馬龍的杭州南路上，焦急的攔車。每每一部計程車即將行近，就被路邊竄出的人奪得先機。眼見即將誤了搭乘的火車時刻，我再也顧不得禮讓的傳統美德，半跑的追上一部車子，拉開後車門，這時，才發現車子的前座已然坐進一位西裝筆挺的男人。男人很和氣，經過短暫協商，我們決定共乘，車子先行前往火車站，再轉往男子的目的地——新莊。

和陌生人共乘在一個狹小的空間中，是除了乘電梯以外不曾經歷的事，爲了感謝他的仁慈，我主動打開話匣子：

「先生在這兒攔車子，是住在這兒嗎？」

「不是，我是在這附近上班，金甌女中。」

「老師嗎？還是職員？」

「是校長啦！」

「哇！失敬！失敬！是好鄰居哪！我們就住在你們學校旁。」

一旁靜靜聽著我們對話的女兒，突然興奮起來，對著校長說：

「哇！好棒！我媽說，以後我要念你們學校哪！」

半側著身子的校長，和藹的笑著朝女兒說：

「不會的啦！你媽會要你念北一女的啦！」

女兒天眞的辯駁道：「你不知道我的成績有多爛！我媽說，我只能念你們學校。是眞的！沒騙你。」

我尷尬得不知如何是好，偷偷拉了下女兒的衣袖，示意她不要亂講話，然後，齜牙咧嘴的陪笑道：

「沒有啦！小孩子不懂事，亂講話……」

女兒回看了我一眼，納悶的問我：「你每次不是都這樣說的嗎？有沒有？有一次在瓊寧家，有沒有？還有……我哪有亂講話！」

我羞愧得只差沒從窗口跳出去，校長想是也不知如何面對這個過度誠實的孩

子，只咧著嘴呵呵的笑著。幸而車站及時到了，我踉蹌奪門而出，站在暗夜的路邊，忍不住哈哈大笑起來，兩個稚齡的孩子，面面相覷，不知所以，以為媽媽瘋了！

這是十年前的往事，那年，女兒剛念國小三年級。事隔七年後，女兒考高中，居然不幸而言中的被分發進了金甌女中。那個下著雨的夜裡，女兒那番天眞又讓人尷尬萬分的言語，竟成爲生命中奇妙的預言。

開學的第一天，晚飯桌上，女兒興奮的向全家人報告：

「今天有校長訓話，哇！還是那位校長哪！臉孔還是跟好多年前一模一樣！完全沒變！眞的。」

——原載一九九八・五・二十七《中國時報》人間副刊

什麼時候學騎機車？

考完聯考的女兒，立志學騎機車。她說：

「你們誰來教我騎？我學會騎車後，你們都有好處：媽媽臨時發現沒有蔥呀、蒜呀的，我可以馬上到超市補充；像昨天爸爸的眼鏡架斷了，就可以不必親自出馬，我可以代勞；哥哥要拿照片去沖洗或晚上想吃宵夜，啊！都不是問題啦！」

這些理由聽起來很誘惑人！只是天氣實在太熱了，哥哥推辭說：

「哇！聽起來很不錯哦！可惜，我最近沒空哪！有很多書都還沒看，你可不希望你哥哥下學期功課不及格吧！抱歉啦！」

一看哥哥沒指望，她可憐兮兮的轉頭看我。我細聲的說：

「別找我，我是個弱女子，手無縛雞之力。萬一車子倒了，我連扶起都不行，找什麼人都行，就不能找我！」

最後，她把目標鎖定一旁揮汗的爸爸。爸爸看看外面的豔陽，苦著臉，說：

「拜託！太陽這麼毒！你沒看氣象報告嗎？紫外線已經到達危險級了！……不過，放心好了！有空我會教你的，還記得小時候是誰教會你騎腳踏車的吧？」

傍晚，太陽下山了。女兒又興奮起來，纏著她爸爸。爸爸眉頭皺起來，說：

「開玩笑！下班時間欸！車子多得什麼似的，多危險！虧你想得出來！」

新聞報導結束。鍥而不捨的，女兒又來了！爸爸的眉頭皺得幾乎打結！他說：

「有沒有搞錯！天這麼黑！視線不良，想撞牆呀？」

女兒惆悵的進屋裡去。過一會兒，她突然衝出來，抗議：

「白天，太陽大，不行！傍晚，車子多，不行。晚上，沒太陽、沒車、沒人，又說視線不良，也不行！那麼，請問到底什麼時候才行？」

全家人都不禁啞然失笑！

廝纏了半天，女兒差點兒哭出來。爸爸見狀，情詞懇切的說：

「過幾天，你不是要到紐約遊學嗎？其實，我是怕你在這時學騎車，出了什麼意外，譬如：斷腿、傷脖的，到時候，去不了，枉費你期待這麼久！是不是？」

一語驚醒夢中人！女兒破涕爲笑，感謝父親的體貼睿智後，進屋裡去。我佩服得五體投地，頌揚外子如此設想周全！他謙虛的笑說：

「哪裡！哪裡！靈機一動而已。有時候，聰明睿智是被逼出來的！不瞞您說，這理由也是前一分鐘才想出來的呀！」

——原載一九九八·八·二十《聯合報》繽紛版

來吃茶凍囉！

從中部老家回來後，女兒決心開始致力於茶凍的製作。她說：

「回台中時，大表嫂教我做茶凍，又好吃，做起來又簡單，眞是夏天最好的點心！……您喜歡吃嗎？」

憑良心說，我對茶凍的興趣不大，然而，看她興致勃勃，也不忍澆她冷水，只能回答：「喜不喜歡是決定在好不好吃上，你做的茶凍，在還沒嚐過以前，我不敢下定論。」

她沒說話，逕自騎上腳踏車往超市買材料去。回來後，在廚房裡忙進忙出，沒多久，喜孜孜的到客廳來宣佈大功告成，只等冷凍結果了。我踱到廚房，見飯桌上，杯盤狼藉，水漬處處，好像颱風剛剛過境！眞差點兒沒瘋掉！

黃昏時分，正在書房裡趕一篇專欄文字。女兒面有得色的捧了一小碟茶凍進來，吆喝著：「下午茶時間到囉！別那麼用功！暫時放下工作，吃了好吃的茶凍，包您文思泉湧！」

我湊興的吃了一個，她站在旁邊兒，一副等著被稱讚的樣子，我被迫表態，只好點頭說：

「好歎！眞不賴！你是怎麼做到的？眞厲害！第一次做就成功。」

她露出不好意思的表情，客氣道：

「這哪需要技術？照著袋子上的方法做，就萬無一失啦！……您還要不要再來一個？」

「夠了！好東西要和好朋友分享，留一些給爸爸和哥哥吃吧！」我急急婉拒。

「我做了很多的，不必刻意留，您不用客氣！再來一客吧！」

我打開冰箱一看，險些暈倒！大大小小、各色容器的茶凍，或蹲或坐，幾乎佔據了冰箱的各個角落！

爸爸和哥哥陸續回家，沒有人能倖免！基於鼓勵的教育原理，每人都禮貌性的誇獎幾句。幾天之後，大夥兒全悔不當初，因為，每天都被熱情的款待了少則兩個、多則數個，感覺上，肚子裡全是晶亮的茶凍翻來轉去。

那日，一早起來，看到冰箱裡的茶凍終於只剩了一個，眾人都齊齊鬆了口氣！不管上班、上學的，都懷抱著得救的心情上路。哪知，從外頭回家，拉開冰箱，竟然發現好幾排的、高高矮矮的茶凍又呆呆的蹲坐在裡頭，我差點兒慘叫起來！女兒卻興奮的衝出來宣告：

「既然你們都那麼愛吃，我只好又繼續做給你們吃啦！誰教我那麼能幹！能者多勞嘛！」

——原載一九九八・十・八《聯合報》繽紛版

想吃紅燒肉

短期遊學美國的女兒，從各個城市捎來平安的訊息。起初幾天，聲音愉悅，充滿了對新大陸的好奇；沒幾天，開始透露出隱約的焦慮。說不出什麼原因，就是有些不安定的感覺從話筒的另一端傳遞過來。十幾天後的一個午後，電話鈴響，女兒用元氣充沛的聲音說：

「哇！今天終於吃到中國菜了！你知道嗎？從到美國以來，第一次吃到中國菜！今天，我們的老師帶隊到中國餐館，老闆剛端上白米飯，有幾位同學就感動得流下眼淚來！菜還沒上，就狼吞虎嚥，兩碗白飯下肚，把老闆給嚇壞了！」

「你呢？你是不是也很想吃中國菜？」

「當然啦！吃過了中國菜，好像連情緒都好多了！這幾天，一直覺得不對

勁，原來就是想念外婆做的菜啦！」

其後，她每次打電話過來，很少聽她談學習經過，倒是總不忘記複習幾道外婆的拿手菜。包括香菇米粉、紅燒肉、酸菜筍絲等，然後，我彷彿聽到口水跌落地上的聲音。我忍不住譏嘲她：

「有沒有搞錯！我們花了大筆的錢，原來是送你去美國打越洋電話來複習台灣的食譜！多花點時間讀書吧。」

她訕訕然，沒搭腔。可是，要不了幾天，她又開始在電話裡，散佈思念台灣食物的訊息，要不然就問我們當天吃些什麼菜色，有點兒望梅止渴的意思，我忍不住和孩子的爹抱怨：

「看來她一些也沒想我們，倒比較思念台灣的飯菜！看起來，她若出國讀書，首先得要克服的，不是精神上親情離散的傷痛，而是現實的腸胃適應問題。」

三十餘天的遊學即將結束的前幾天，她巴巴的打國際電話來叮嚀：

「一定要請外婆來我們家哦！我一回去，就希望能馬上吃到她老人家做的紅燒肉！想都想死了！」

——原載一九九九・二・九《中央日報》副刊

簽證症候群

一個多月的暑期遊學團歸來，女兒幾經思量，決定單槍匹馬獨闖美利堅合衆國，去圓她的留學夢。她爸爸和我看她意志堅定，也只好咬咬牙，決定努力賺錢來幫她圓夢。

取得了語言學校的I20後，接著便到美國在台協會辦簽證。朋友們聽說了，紛紛提供意見。大夥兒一致強調，這些年來，辦美簽越來越不容易，必須讓女兒帶上財力證明，並且要向對方表明不會在美國居留下去的意思。每一位朋友總在最後加一句結論：

「總之，要你女兒不要抱太大的希望，免得失望。」

爲了這般的衆口一致，我花了不少的時間，對女兒進行心理建設，並提供幾

條若簽證不成後的可行之道。簽證前一晚，外子和我，跟女兒進行簽證的面談模擬。我的英語一向欠佳，那晚，突然意外的順暢起來，久久不用的英文單字，也不斷的躍上腦海，女兒驚訝的問：

「哇！媽！你的英文不是不靈光嗎？怎麼今天講得這麼流利！」

外子笑稱這是「爲母則強」的最佳詮釋。夜深了！大夥兒準備就寢之際，女兒踱到臥房，輕聲的問我：

「媽！你希望我明天的簽證通過嗎？」

我百感交集，一時竟理不清心裡的感覺。我答說：

「好像簽證過了，是個打擊；簽不過，也是個打擊！我弄不清自己的想法了！你呢？」

女兒膩在身邊，埋著頭說：

「我跟你一樣！期待了這麼久，當然希望能通過！可是，一想到要離開家，獨自面對所有的事，又很害怕！偷偷期待簽不過，可以理直氣壯留下來。」

第二天，由外子陪伴前往。一路上，女兒喃喃自語，準備在面談時，能順暢的將近日來惡補的英語悉數傾倒出來。沒料到，辦簽證的女人，一句英語都沒讓女兒發揮，她靜靜收下護照及I20後，便用中文說：

「星期四下午兩點來取證件！」

回到家的女兒，一則以喜，一則以憂，覺得吉凶未卜。

其後的兩個夜晚，據女兒說，她一直在夢中不停的說著英文。星期四下午，她單刀赴會，準備和在台協會的人拚了！沒半個鐘頭，騎腳踏車去的女兒回來了，我們急急迎上前去，一探究竟。她一臉悲憤，我以爲簽證沒過，安慰她：

「沒關係啦！這樣也好，反正我也捨不得你走，乾脆多陪陪媽媽。」

女兒啼笑皆非的說：

「不是啦！簽證過了啦。只是，很氣欸！他很瞧不起人哪！一句英語都不讓人家說也就算了，還和我說國語！他當我連聽都不會嗎！這樣很過分哪！」

——原載一九九九・二・九《中央日報》副刊

思念的時候

從未單獨出過遠門的女兒，拎著簡單的行李，便直闖美國新大陸讀書去了！雖然，有表姊接機，我大可放心，但是，不知怎的，心裡仍覺不踏實，假想了許多可能發生的意外，譬如：她的表姊忘了，沒來接機啦！飛機失事啦！弄不清機場出口啦！……外子笑我何苦如此嚇自己！我不管！緊張兮兮守候電話旁，等著她打電話來求援。沒想到，什麼事也沒，女兒順順利利的在洛杉磯找到了學校！一切似乎都在掌握之中，而且適應情況意外的良好！每次，感情充沛的問她：

「有沒有想我們呀？」

她總敷衍似的答：「想呀！」隨即急急忙忙敘說她的新生活！聽起來挺沒誠意的。我惆悵無比的和外子抱怨，他反倒說：

「你希望她怎樣？成天哭哭啼啼的？那你才要擔心死了！她到新環境適應良好，我們應該要慶幸才對呀！」

這種道理誰不懂！要他來開導！嫁這種男人，一點都不懂得太太的心！我不理他，繼續苦苦思念著女兒，成天唉聲嘆氣的！

大樓裡有一戶鄰居的女兒，同樣在去年秋天到英國去學音樂。聖誕將屆時，突然，驚鴻一瞥，瞧見她和外婆有說有笑的在附近的巷道間行走。原本趕著去搭車的我，驀地一陣惘惘然，杵立在當地，久久回不過神來。

當晚，我提著垃圾去倒時，在巷子裡，遇到那位女孩兒的母親，證實了她回來度寒假的消息，她母親說：

「寒假期間，同學都回去了，只她一人留守宿舍，我們捨不得呀！幸好機票不是太貴，就讓她回來度假，解解鄉愁！」

說完話的媽媽，帶著微笑走了。不知怎的，我突然一陣心亂如麻！提著垃圾，竟不知該走向何方！強烈地想念起我那同樣在異域求學的乖女兒。前一陣子，打電話給我，要求和同學一起去大峽谷玩，我完全未加考慮的拒絕了！我說：

「大峽谷你不是去過了嗎？何況坐小飛機挺危險的！」

「那十天的假期，我要做什麼？聖誕節和新年，我又能去哪裡？」

「你在台灣時也沒過什麼聖誕節呀？是不是？在台灣怎麼過，現在就怎麼過呀！也可以趁機到附近走走，熟悉一下周遭的環境。何況，寒假開始，我們全家就會去美國看你，到時候，就會帶著你一起去玩兒！對不對？現在先忍一忍吧！」

電話裡，女兒沒再多說什麼，我不確知她的表情是不是很哀怨。

聖誕夜，我們打國際電話過去，才知道遠在異邦的女兒居然獨自守在電視機前排遣寂寞。所有的人，包括房東和室友全到朋友家過節去了！我想到置身聖誕狂歡氣氛外的女兒寂寞的樣子，幾天來隱隱蠢動的思念，一下子排山倒海般席捲過來，我心如刀割，等不及和外子商量，當下決定讓她回來度個一星期左右的假期。電話中的女兒反應奇怪，說：

「你們不是元月下旬就會到美國來看我嗎？現在讓我回去？是眞的嗎？」

「當然是眞的！是誰規定了我們要去，你就不能回來？難道你不想回來嗎？」

「想！當然想！我只是不敢相信罷了！……哇！我眞的能回去了！我快瘋

了！眞的嗎？簡直不敢相信有這種事！」

女兒在電話那頭，又笑又叫。我在電話這頭，淚流滿面。想到一向體貼的她，如何壓抑思念，只怕回來的機票加重爸媽的負擔，想都不敢想回家的事。

機位順利劃好了！風塵僕僕的她，出現在清晨的中正國際機場時，眼睛裡含著淚。回到家後，我半眞半假的埋怨道：

「養女兒沒用哦！出去那麼遠的地方，以爲她會想我想到躲進棉被裡痛哭失聲，誰知，她好像因爲脫離桎梏、如魚得水，居然樂不思蜀啦！看起來一點也沒想我們啦！」

她倒也誠實的回答，說：

「說實在的，在美國時，我確實沒怎麼想家，忙著適應新環境，練習說英語，融入他們的文化，忙得不得了！根本沒時間想。何況，電話聯絡很方便嘛！對不對？可是，你知道嗎？我一聽到能夠回家的消息，高興得睡不著覺，亢奮的情緒到現在還沒結束。尤其，當飛機降落在中正機場時，心情好激動！出關看到爸爸媽媽，突然覺得自己好想、好想家！眼淚就忍不住掉下來了。」

回到家才開始想家？這完全顚覆了「思念總在分手後」的一般想法！在笑聲

中，我突然有一種欲淚的悲愴。一直以為最貼心的女兒，應該會和我們相守最久，萬萬沒想到，總也不敵現實的驅迫，得提早離巢，展翅高飛！

回家的女兒，像得了末期的相思病似的，四處打電話和親朋好友敘舊，連時差都來不及調整的直奔進時光隧道中：國中的同學、高中的好友、教她書法的老師、國中及高中的導師……，也不過才出國兩個月光景，談話的口氣，倒像是隔了一世紀似的，歷盡滄桑。

一晚，我正改著學生的作文，無意間聽到她正和國中的導師聊著，她禮數周到的說：

「實在很不好意思，從畢業一直到現在才跟您聯絡，不知道老師現在好嗎？……，我剛從國外回來度假，覺得該將行蹤跟老師報告一下，所以打這通電話……」

「將來如果可能，應該會學服裝設計吧！……到現在還記得國中的時候，報名學校開辦技職訓練的美容班，因為人數太多，沒能如願，在非常失望的時候，老師鼓勵我退而求其次，報名縫紉班，老師期勉我，學會之後能為您做一件圍裙。可是縫紉班終因人數不足而流產，那件圍裙一直沒能為老師做出來，感覺很遺憾哪！期待將來若眞的能學服裝設計，一定爲老師縫一件漂亮的圍裙！……」

我抬眼偷覷舒適地坐在檯燈旁沙發上講電話的女兒，眼裡煥發著無法言宣的光彩！我忽然回想起我的少年時期，像她一般大的時候，儘管如何感謝著老師的溫柔、如何期待著友情的溫潤、如何渴求著父母的撫慰，卻只是付諸沉默，儘管內心裡激動昂揚，外表一逕是冷靜的、不在乎的，只有一方面藉助用鑰匙鎖得緊緊的日記來抒發奔迸卻又密藏的熱情！一方面暗暗反芻必然的失望所引發的痛苦情緒！生活過得既鬱卒又哀傷。

下一代總算比我們要強些！就拿這樣坦露的示愛來說吧！她表達得如此自然溫馨，就讓我歎爲觀止！電話掛下後，女兒猶自沉浸在懷想往事的氛圍裡，高興的同我說：

「那一年，記得吧？國三呀。大夥兒全爲聯考拚死拚活，老師知道我想參加技職訓練的美髮班，將來爲別人洗頭，不但沒有譏笑我胸無大志，後來沒報上名，她還細心的看出我的失望，鼓勵我參加裁縫班，我一直都很感謝她哪！媽！你記得嗎？那一個黃昏……」

記得！當然記得！那樣一個黃昏，下課回家的孩子，眼睛發亮且無限榮寵的立誓幫她的老師做一件美麗的圍裙！作母親的我，辛酸、慶幸糾纏的複雜心情，一輩子都不會忘記的呀！正想著，女兒挨過身來，和我擠坐一座沙發，撒嬌的說：

「媽！我一直以爲我一點都不想，回來以後才知道，原來我是很想念你們和台灣的一切的，只是我自己不知道而已！」

假期結束，她好像忘了她的思念似的，毫無掛礙的提起行李便直奔機場。隔著機場的玻璃門，她瀟灑並笑容滿面的和送行的人揮手說再見，隨即開開心心的飛走了！我則和三十年前初次負笈北上時一樣，回家躲進棉被裡，哭濕了好幾條手帕，怨恨她的無情。

——原載一九九九・二・九《中央日報》副刊

輯三

外婆的新鮮事

阿諛一族

經過一再的邀約，母親終於在電話裡，扭扭捏捏地答應北上小住。孩子們聽說了，都歡呼起來。我覺得奇怪，問道：

「奇怪哩！干你們什麼事？人家來看她女兒哪！你們幹嘛那麼興奮！成天不在家的人，外婆來不來有什麼兩樣？」

「當然不一樣囉！你的媽媽來了，你就比較乖，較不敢生氣，我們就比較不容易挨罵呀！」

兒子嘻皮笑臉的說，女兒也急忙點頭附和，並加以補充：

「而且，外婆來了，常常會給我們零用錢，又會做我們愛吃的菜，外婆對我們很好歎。……」

自戀的母女倆

聽聽這說的什麼話！好像我是壞心腸的後母，多虧待他們似的！我先把醜話講在前頭：

「別以爲外婆來了，你們有了靠山，就可以開始殺人放火！不聽話的話，照樣翻臉！哼！天王老子來也一樣！」

外婆來了！第二天傍晚，放學回家的女兒，剛走出電梯門，就一路喊著問：

「外婆來了嗎？」

然後，撲向坐在客廳沙發上的外婆，又親又揉的，兩個人的臉都笑成一朵太陽花。

晚飯桌上，兒子夾了好大一筷子的苦瓜，邊吃邊說：

「怎麼外婆的苦瓜能做得這麼好吃！上回，重濱說不敢吃苦瓜，我就跟他說：哪天我外婆來，請你來我家吃我外婆做的苦瓜，你才知道苦瓜有多好吃！」

外婆笑得眼睛都瞇了！假裝不敢當的說：

「含識上了大學後，變得很會拍馬屁哦！」

大口吃著飯的外子，也跟著夾了苦瓜塞進嘴裡，忙不迭的聲援：

「媽媽做的菜是好吃，騙不了人的。你看，桌上的菜，一掃而光，含識連添三大碗飯，連我一向只吃一碗的，也忍不住多吃了一碗。」

簡直聽不下去了，這些「阿訣一族」！正想戳他們兩句，沒想到還有一個逢迎高手踵繼前賢，女兒說：

「完蛋了！完蛋了！外婆一來，我的整個減肥計劃馬上崩潰！做得太美味了！怎麼辦？」

衆叛親離的，我酸溜溜的威脅：

「怎麼？今天拍馬屁比賽啊？好像平常多虐待你們似的！當心哦！等外婆回台中以後，看你們吃什麼！」

外婆連忙解圍道：

「人攏嘛喜歡新鮮，不是你做的不好，是換一種口味，新鮮嘛！對否？」

衆人還來不及表達意見哪！外婆又兀自接口說：

「……不過，憑良心講，我做的菜也確實未歹吃，對否？不是我在膨風，以前……」

——原載一九九八・七・二《聯合報》繽紛版

遺傳性自戀

母親節將屆，《文訊》雜誌的編輯打電話來，說他們將在母親節前夕，在來來飯店舉辦「文學母親的盛筵」，邀請二十位作家及他們的母親赴會。

「只是吃吃飯而已，不用說話，很輕鬆的，教伯母不用怕。」聯絡的編輯如是說。

遠在台中的母親在電話裡聽了我的轉述，很不以爲然的說：

「我才不怕哪！以前，我嘛是婦女會總幹事捏！鄉民代表也做了好幾屆！開玩笑，要講話也無要緊。」

過沒幾天，在例行性問候的晚間電話聯絡中，母親有一點憂心的問我：

「嘸知要穿啥米款的衫卡好？」

「親瞬穿就好啦！又不是啥米大場面。」

母親沒再說什麼。第二天，電話裡，說著別的什麼事，她突然話鋒一轉，又

說：

「沒有正式一點的衫倘穿，要安怎？」

我笑起來，和她說：

「我上次回去，看你兩櫃子滿滿的衣服，長衫、洋裝攏有，哪會沒衫倘穿！」

「不是啦！我驚黑白穿，給你無面子啦！」

「無要緊啦！我嘛共款無衫，黑白穿就好啦。」

赴會的前一天，她謹愼的帶了兩套衣服來供大夥兒挑選。全家就位完畢，就等主角換裝出場，突然聽到母親在房裡慘叫，我們趕緊衝入現場，看到母親對著一只簡單的提包掏了又掏，懊惱的說：

「哎呀！氣死了！帶錯了，以爲帶的是旗袍，哪知帶的是加在旗袍上、共款花色的小外套，現在，沒得選擇了！」

抉擇警報因此意外解除，衆人齊齊鬆了口氣。女兒貼心的指著倖存的另一件洋裝說：

「其實，外婆穿洋裝顯得年輕多了，還是這件洋裝漂亮，幸好這件沒帶錯。」

外婆被哄得一愣一愣的，次日，便歡歡喜喜的穿了那件洋裝赴宴。

宴會結束，在回家的計程車上，母親很得意的問我：

「你看！恁帶這個老母去，應該是未給你漏氣吧！雖然年紀比伊們卡多歲，但是，看起來應該還很少年吧！」

我顧不了她，也沾沾自喜的同她說：

「你看，我在這尼多的作家內底，應該嘛未給你失禮吧！氣質應該嘛未算很差啦！對否？」

回家後，母女倆還很自戀的在鏡子前搔首弄姿一番。晚上，我聽到母親一一向遠在家鄉台中的媳婦和女兒們回報：

「今天，有影眞光彩！我嘛未失人禮捏！只有一兩位比我卡多歲，但是，我的穿著，很時髦哩！看起來嘛未比別人卡老哩！……」

——原載一九九八・七・二《聯合報》繽紛版

我的女兒最能幹！

母親在電話那頭焦急的說：

「玉蕙呀！阿彌陀佛！你在家呀！我是媽啦，我來台北了！」

「你現在在車站嗎？我去接你。」

媽媽遲疑了一下，像做錯事的孩子般，囁嚅著回說：

「我在公路局西站啦，代誌大條了啦！我的皮包丟掉了！找半天，找不到了，壞囉！」

我飛快的下樓，開著像烤箱般的車子，直奔西站。車子還沒停下，就看見媽媽站在太陽下翹首。原來，熱心的母親，自告奮勇帶著對台北極度陌生的孫媳婦北上榮總檢查。折騰了半日後，還像識途老馬般帶著孫媳婦坐公車。下車後，兩

人居然迷糊的將皮包忘在車上。母親敘述時，大氣派的說：「反正，伊留下亦無路用，我讓她先回台中去。」

我問她，坐幾路公車？她愣了一下，說沒看清楚。問她在車站附近下車的嗎？她說離車站彷彿還有段距離。問她搭的是公車？還是中興巴士、大南客運，還是？她露出迷惘的表情，反問我：

「公車還分這麼多種呀？我怎麼從來沒注意到！」

大概看我的眉頭越皺越緊吧！她開始嫁禍他人：

「啊！攏要怪那個司機啦！上車前，我問伊有到車站麼？伊說有，要不是安捏，我哪會坐上去？攏是伊害的啦！」

我憑著有限的線索，開始滿頭大汗的辦案。先查清楚經過車站附近的車子有哪些，再挨家問。問了許久，都說沒見著。媽媽看我電話不停的打，不好意思的說：

「其實，裡頭也無啥米貴重的東西！丟了就算了。只有這幾天要穿的幾領衫而已，不要緊啦。……不過，明天，就眞的無衫倘換了……」

過不了一會兒，她又說：

「無要緊啦！橫直也無重要的東西，只是眼鏡沒了，比較麻煩而已。沒關係！就不要看報、不要看電視好了！」

正當我洩氣得想放棄時，她又說了：

「眞正沒關係啦！不必再找啦！……不過，我所有的藥攏放內面，今晚，就無倘吃，眞糟糕！」

這事兒可非比尋常了！我只好又奮力掙扎著。終於！皇天不負苦心人！皮包找著了。我大叫一聲！筋疲力盡的倒臥在沙發上。這時，我聽到母親無限驕傲的說：

「從頭到尾，我一點也不擔心！我就知樣，我的女兒最能幹，一定有法度找轉來的。你看！果然沒錯吧！」

——原載一九九八・八・六《聯合報》繽紛版

強人外婆

端午節快到時，孩子們在電話裡，向遠在台中的外婆撒嬌。說：

「外婆！我們好想念您包的粽子！今年，再到台北來包粽子，好嗎？外婆做的粽子實在太好吃了，想起來就流口水。」

外婆禁不起孫子及孫女的灌迷湯，陶陶然答應了。

去年，我有感於母親年事漸高，一手包粽子的本事，眼見就要失傳，特別勞煩母親北上，將絕活兒悉數傳授給我。我在母親北上之前，先行備好粽葉、糯米、香菇、豬肉、紅蔥頭……等，光是清洗粽葉，就讓我腰直不起來，這才知道此事非等閒，包粽子可不是好玩的事，得有幾分體力才行。

全家共襄盛舉，一齊投入初學行列，外婆揮汗指導，看起來比她自己獨立作

業，還更辛勞。包出來的粽子，不但在外型上千奇百怪，內容更是慘不忍睹。外婆一向做事麻利，面對這般不上道的學生，幾乎全程咬牙切齒的忍耐著，事後，差點兒內傷累累。

前事不忘，後事之師。外婆想是忘不了上回的創痛，在答應孩子北上的第二天，急急來電說：

「你不要準備豬肉了，我會從台中帶上去。你們台北都是白毛豬，肉質差多了，包起來，風味差很多哪！香菇也不必準備，另外……」

電話中，母親十分堅持，事關粽子的品質，而粽子的品質又攸關她老人家一生的清譽，我雖不忍她勞累，卻也不敢率爾破壞。

第三天晚上，她又來電指示：

「我想起來了！糯米你也不用準備了，我也會從家裡帶過去。人家我們這裡買的糯米，一升大約可以包出十四個粽子，你們台北就差了，一升只能包出十一個，差三個哪！」

天啊！她不是在控訴台北人偷斤減兩吧？

但是，爲了一升米少三個粽子，讓一位七十餘歲的老太太，扛著米北上，是絕對會被史家寫入「不孝列傳」的。愚雖生也不敏，卻也不能干犯此天條。然而，母親決定的事，誰也阻止不了。又是豬肉，又是糯米的，老媽終於氣喘吁吁的北上，在廚房，她將南北貨一字排開，說：

「從半個月前，我就開始四處包粽子，今天總算是端午前最後一攤了，你二姊那兒、你鄉下老家的堂哥、還有隔壁的鄭太太，大家都說喜歡吃我包的，沒辦法呀！……這次，也得多包一些，你小哥那裡，中壢的三姊那邊，都已經講好了，到時候，他們要來拿的。」

——原載一九九八・十・一《聯合報》繽紛版

恍然大悟

每次回台中去，總看見媽媽戴上老花眼鏡，攤開一大堆五顏六色的藥，細細的辨別，並小心翼翼的將它們分別整理成飯前、飯後及白天、晚上的分量，一小撮一小撮的，擺進我買給她的藥盒裡。常常看她一吃就是七、八顆，算算，一天大約吃了不下二十顆。

一次，我問她吃的什麼藥？需要吃那麼多嗎？她攤開手掌，無奈的說：「醫生講的，有啥米辦法！每一粒，管一個器官。人老了，器官老化了，漸漸無路用囉！這粒管糖尿，這粒管心臟，這粒是甲狀腺，這粒是降血壓的，還有鈣片、善存、胃乳片……，醫生還擱講要補充賀爾蒙，我還未睬他哪！不然，還不只這幾粒！其實，吃一個心安而已，哪裡真的有效！」

說完，她氣勢豪壯的將手上所有的藥一股腦往嘴裡「噗」一塞，喝口水，仰脖吞下，引得一向最怕吃藥的兒子，一旁看了，嘖嘖稱奇。

一晚，電話那頭，她無精打采的。我問她在做什麼？她懶洋洋的回說：

「不知爲啥米，一直睏去。行路時，也感覺從腹肚底一直要睏起來。已經睏一早上，這陣，還是想要睡，電視劇一直演，我一直睏去。」

我抬頭看了下牆上的鐘，晚上八點十分。我想到她一個人孤伶伶的，有一點感傷，勸她：

「叫你來台北，你不來！一個人無聊，當然想要睡囉！」

好說歹說，在電話裡遊說了半天，她終於答應北上。

媽媽來了，還是不停的打瞌睡。爲了提振士氣，我刻意準備了幾個絕妙的笑話伺候，還沒等笑話說完，母親已兀自含笑睡去；女婿下班回家，說著辦公室的趣事，她也顧不得禮貌的以鼾聲回應；孫女兒一旁嘟嘟囔囔的和她說著體己話，她的頭前後左右的亂點，不但缺乏節奏感且毫無章法。幾天下來，大夥兒全束手無策，正思量著該帶她去看哪一科醫生的門診，來打掃屋子的美麗，從地上撿起三顆白色的藥粒，送到面前來。媽媽東瞧西看，不禁笑起來！說：

「難怪我一天到晚想打瞌睡！原來這顆治甲狀腺的藥，太小了，老溜出來，根本沒吃進嘴裡！醫生說過，這粒藥，若是沒吃，會愛睏！」

說完，又掛著一絲恍然大悟的微笑睡去。

——原載一九九八・十・二十二《聯合報》繽紛版

輯四

天人交戰的父親

天人交戰的父親

日本清水寺附近的街道，人潮如織，我們穿梭在人群之中，湊熱鬧的逛著清水燒的陶瓷，細緻而幾近完美的線條，攫獲了我的雙眼，我細細的看著，一家挨一家的走著，和同行的外子及女兒慢慢拉開了距離。偶爾，我會停下腳步，站在行人較少且醒目的路中央，找尋著他們的蹤跡，遙遙和他們擺手示意！確定和他們並未脫離，然後，放心的又往前行去。

女兒忽前忽後的跑來跑去，不知忙些什麼。一會兒，興奮的跑過來同我說：

「買一件和服給我好嗎？」

我不敢置信的睜大眼問：

「買和服？做什麼用？有沒有搞錯！什麼時候穿？」

天人交戰的父親

女兒說：「很漂亮哪！買一件做紀念嘛！在家穿著也好玩嘛！」

我不理她！繼續走。一件和服多貴呀！買來只爲穿著好玩？想都別想！她一看沒指望，悻悻然走了！

隔了約莫一盞茶的功夫，我援例再搜尋，居然不見了他們，不得已，往回頭走，終於在一家專賣和服的店裡看到外子，原來女兒居然眞的在裡頭試起了和服。外子說：

「看她那麼想要，就買一件給她嘛！不會太貴的。」

「不是貴不貴的問題！是買了做什麼用呀？」

「一定要做什麼用嗎？紀念也是可以的呀！她以後看到衣服，就會想起十七歲時曾經跟我們同遊清水寺呀！我們小時候，不是也常有許多不切實際的夢想嗎？」

我以爲耳朵聽錯了，錯愕的看著這位一向似乎沒有任何夢想的務實男人跟我大談浪漫的回憶。確定自己沒聽錯後，知道兩票對一票，我注定輸，於是決定不管這檔子事，讓他們父女二人去瘋。

回到旅館，女兒興奮的試著衣服，跑到我們房裡展示，我取出相機爲她留下倩影，她擺出各種撩人的姿態，和我笑鬧成一團，外子只皺著眉頭笑罵：「兩個瘋子！」同行的其他朋友，約了到我們房裡聊聊，外子催促女兒：

「好啦！好啦！趕快收拾、收拾，雷伯伯他們要來了！快把和服給換下！」

「爲什麼呢？既然買了，當然該展示給他們看看嘛！要不然，買了做什麼？」

我納悶的問。

「是呀！買了不穿，幹什麼？」女兒一向人來瘋，亢奮得不得了。

「哎呀！開玩笑！那像什麼樣！笑死人了！你們母女倆眞的瘋啦！」

「瘋了？還不知道誰瘋啦！好端端的買了和服給女兒，又不准她穿！穿上！穿上！讓雷伯伯看看我們女兒有多美！」

我愛作弄人的本性又抬頭了！外子嚇死了！我覺得好笑，這個矛盾的男人，正面臨天人交戰，一方面陶醉在浪漫旖旎的感性中，一方面又拘泥在理性的莊嚴貌相裡。

朋友們進門的剎那，一位穿和服的少女倚在門邊兒，以九十度大鞠躬及現學的日語「歡迎光臨」來迎接，客人們露出驚詫的表情稱讚，少女的父親——那位熱心爲女兒購置和服的父親，躲進廁所裡，久久不敢出來。

——原載一九九八・三・二十《聯合報》副刊

我還是你的女兒

兒子越長越像我，連性情、脾氣都有幾分神似，尤其，驗出來的血型和我一樣都是A型以後，外子每每看到他的任性，便搖頭嘆氣說：

「跟他娘一個樣兒，眞怪不得他，遺傳嘛！」

而當有人說：

「兒子長得像誰呀？嗯！……好像比較像媽媽呢！很帥哦！」

外子又不免流露出惆悵的表情。

女兒很貼心，跟哥哥的大而化之相較，展示了完全不同的人格特質。她細心、溫柔，從小，嘴巴就像塗了蜜似的。外子常笑著炫耀的說：

「女兒的血型一定跟我一樣是O型啦，不用驗也知道，跟你們都不一樣，很

體貼哪！」

女兒也高興的隨聲附和：

「是呀！不用驗也知道，一定跟爸爸一樣啦！」

幾年過去了，沒有人對這樣的說法有過懷疑。一回，不記得是爲了什麼事，在一個午後，外子帶著女兒去檢驗所驗血型，臨走還自信滿滿的說：

「證實一下罷了！還能是什麼型呢？除了O型以外！」

沒多久，樓下傳來有氣無力的門鈴，兩人上樓來，大門尚未打開，我聽到女兒無限遺憾、又十分眞誠的安慰她爸爸說：

「爸！你不要再難過了！不管如何，我都還是你的女兒，眞的。」

沮喪的男人出現了，他不敢置信的說：

「怎麼會這樣呢？怎麼連女兒都是A型呢！怎麼可能！……」

憑良心說，對兩個孩子全遺傳了我的血型這件事，我也感受到莫名的慚愧與抱歉，彷彿這般強勢的遺傳是由於生性跋扈之故，就好像光天化日之下行搶，何況搶的還不是無關緊要的東西，而是懷抱多年的信念。

最離譜的是，根據外子事後的陳述，在檢驗報告出來的那刻，他頻頻失魂落魄的自語：

「怎麼會這樣！怎麼可能！應該是O型的呀！」

想是外子的表現太過悲痛及驚訝了，竟引起檢驗師幾近手足無措的窘迫，不知如何應對的他，以悲憫的表情安慰道：

「眞的不要太介意！重要的是婚後的表現，以前的事，就把它忘記吧！何況，孩子是無辜的！……」

或者是平日連續劇看多了，他回頭看到女兒，迅即換上一張社教的臉孔，叮嚀女兒說：

「以後要好好孝順爸爸，知道嗎！生的請一邊，養的功勞卡大天！」

最後一句話，還用台語發音。當時七歲的女兒，弄不清楚發生了什麼事，聽說孝順云云，趕緊點頭稱是。檢驗師如釋重負，覺得在這件棘手的事上，總算盡了一份心力，半推半扶的，把他們父女二人，送出了檢驗所。

幾天過後，外子回想那日驗血結果出來後，檢驗師同情的表情，不禁忍俊不住，當然！同時也不得不對八點檔哀感頑豔連續劇的威力十足，表示無限欽佩之意。

——原載一九九八・七・九《聯合報》繽紛版

父親節那天

父親節的前一天晚上，兒子向他爸爸借車，說要和朋友一起去白沙灣游泳。計畫周詳的樣子，買了海灘鞋、大草帽，帶了一本勞倫斯・卜洛克的《行過死蔭之地》，他狀至興奮的說：

「赤裸著上身，戴著大草帽，穿上海灘鞋，或者在沙灘上走出足印；或者在海上追逐海浪；或者躺在沙灘椅上看書，想起來就覺得很棒哪！」

在兒子充滿憧憬的表情裡，我敏感的感覺到外子的臉上似乎閃過一絲悲涼。但是，他還是慷慨的將車子出借。兒子謝過之後，接著說：

「聽小章說，明天，人可能會很多，因爲，是父親節……」

說到這兒，舌頭突然打結。隨即尷尬的轉身向他爸爸說：

「爸！要不要跟我們一起去呀！你跟媽媽都去嘛！會很好玩的！」

不等外子開口，我便一口回絕：

「太陽那麼大！那是你們年輕人玩的地方。你記得『東京物語』那個電影吧！讓你爸去白沙灣過父親節就好像劇中那幾個孩子湊錢將父母送去熱海玩一樣，受罪呀！」

次日，兒子一早起床，興沖沖出門，連一句「父親節快樂」都忘了說，會撒嬌的女兒遠赴美國遊學未歸，外子取出置放髒衣服的籃子，將衣服倒入洗衣機裡，表情有些兒寂寞。做父親的適合在父親節的清早起來洗衣服嗎？我探頭到後陽台，打趣著說：

「哇！父親節洗衣服！保持健康之道嗎？還是要我慚愧欲死？」

中午時分，電話鈴響起，是女兒從美國打回來的：

「爸爸！父親節快樂！現在是這邊晚上十二點多，我特別忍著沒睡，想這個時間你們可能比較會在家。爸！謝謝你啊！謝謝你爲我做的所有事情呀！謝謝你的辛苦呀！……」

放下電話的父親，取下眼鏡，輕拭眼角，不好意思的說：

「我大概老了！很容易感動哪！不過，說眞的，這個女兒眞沒白養！很貼心哩！比養兒子好多了。」

傍晚，和一群朋友聚餐。兒子黑著一張臉，提著四個葡萄柚倉促趕到。不好意思的說：

「祝爸爸父親節快樂！本來買一把花，哪知轉來轉去，看不到花店，只好買爸爸最愛的葡萄柚，歹勢哦！」

外子背著兒子跟我說：

「看起來養兒子也不錯！我們的運氣眞好！」

——原載一九九八．九．十七《聯合報》繽紛版

真假骨董

星期天的早晨，剛睜開眼，就看見一向早睡早起，有良好習慣的外子，已經從外頭進門。他神色倉皇的問我：

「趕快！……你那兒有現金嗎？或者我去郵局提些？」

「要多少？」

「八千！有沒有？」

原本還未清醒的我，一下子全醒過來了。忙問：

「幹嘛一大早要這麼多錢？買什麼呀？」

「你別問！我一拿回來，你就知道！絕對值回票價，包君滿意！是在舊貨攤看到的。再不快些，要讓別人給搶去了！」外子神祕兮兮的，不肯吐實。

「你帶我去看嘛！」我穿上衣服，拿起錢包，作勢和他一起去瞧個究竟。他堅持不肯，只說要給我一個驚喜。這一套，不算新鮮，只要是看到他喜歡的東西，估量著我可能有意見時，他通常使用這個慣技。我胡纏爛打，他且戰且走，終於，還是被他巧妙的拐錢脫逃。

沒一會兒功夫，他大汗淋漓的抱著兩包用舊報紙胡亂包著的東西進來，看起來頗有些重量的樣子。我和孩子擁上前去，一探究竟。他小心翼翼的將東西置放桌上，喜形於色的打開其中一包，說：

「你們看！多美！幸好去得快，差點兒就被另一個人給搶去！」

謎底揭曉，原來是一尊石製的地藏王菩薩！低眉斂首，狀至慈祥。兒子試著舉起，發現重得不得了！虧他搬了那麼遠的路程。他左瞧瞧、右看看，不斷對我們解說石雕的價值所在。孩子們好奇，急著揭曉另一包，沒等他讚歎完畢，便急著動手拆開包裝。是個六角形的溫酒壺！孩子們失望極了！齊聲說：「就這兩樣東西呀！我還以爲什麼稀奇的東西哪！」

聽到這話，外子頗不以爲然的駁斥：「你們不懂啦！雖然是附送的，聽老闆說這可是個骨董哪！雖然不是頂精緻，但還有些年份，哎呀！還是明代成化年間的哪！你看，這上頭寫的，剛才匆匆忙忙沒仔細看。」他翻到壺底，不禁大聲嚷嚷起來：「你看！這上頭的仕女圖還是……」

正說到興頭，忽然一頓，沒繼續下去，放下酒壺，顧左右而言他。事有蹊蹺，孩子和我素有追根究柢的習性，取過所謂的骨董，仔細一瞧，不禁同聲哈哈大笑起來。

原來，上頭的仕女，還標了姓名，林黛玉、薛寶釵、迎春、探春……，清代小說中的人物，上了明代的骨董啦！外子紅著臉辯稱：

「就算這個騙人吧！你們也不能否認那尊菩薩有多棒吧！」

——原載一九九八・九・十《聯合報》繽紛版

失物風波

芭比斯颱風仍在海上滯留，夾帶著豐沛的雨量。一早起來，大雨不止，猶豫著，不知如何是好。早約好的，和朋友到福華喝早茶，說是風雨無阻，外子和我只好匆匆上路。計程車司機擔心我們把雨水帶進車內，吩咐一腳跨進車裡的外子，將雨傘的水稍稍甩乾，再收進去。隨後進去的我，也識相的如法炮製。

吃過早茶，付帳的時候，外子發現平日不離身的皮夾，竟然不在身上，以爲遺忘在家裡。回到家，依然遍尋不著，才開始著慌。我模仿他平日教導家人的口氣，說：

「別慌！先定下心，再往前推想，最後一次對皮包的印象是在何時？」

於是，展開腦筋急轉彎，我熱心的幫著提供線索。結論是：前一晚和兒子去

看「搶救雷恩大兵」前，曾仔細盤查皮包內的證件，其後就印象模糊了！

「好像早晨出門前，也檢查了一下簽帳卡。不過，不大確定。」

「那表示昨晚出門前，皮包確定還在；看完電影後，是否還在則已無法確定；皮包有可能在昨晚看電影時被扒走，有可能掉在昨晚回家的計程車上，也有可能遺失在今早去福華的計程車裡，還有一種可能，是遺忘在家裡的某一個角落。……」

我拿出福爾摩斯辦案的方法，抽絲剝繭。一邊說，一邊對自己的睿智，佩服得五體投地！可惜，這樣傑出的表現，似乎並未被家人所認定，而且對案情的發現好像也無絲毫裨益。我不斷的瞎出主意，也具體付諸行動，譬如：分別到警廣交通網、福華飯店、長春戲院報案。除此之外，還全面追查一向萬無一失的男人何以一反常態的糊塗？我忍不住調侃他：

「模範生不行囉！是否已開始有老年癡呆症的徵兆了？」

男人懊惱不已，頻頻搖頭表示不可思議，最後，仍一如往常般，很有秩序的列出失物清單，打算星期一分頭去進行掛失、補發等手續。

黃昏時分，一名好心的司機找到家裡，將皮包原封不動奉還，證實是早上去福華時遺失在車上的，經過多方模擬考證，甩水動作，應該就是此次失物風波的元凶。

一天的陰霾盡開！我自認在這件事的處理上，居功厥偉，分析歸納，絕對符合科學原理！打電話去向早上一起喝早茶的朋友報告喜訊。朋友在電話裡比我們還興奮！恭喜外加祝福，最後，她說：

「我先生和我都覺得奇怪，這事和蔡先生怎麼也想不到一塊兒，若說是你犯的，倒比較教人相信哪！」

出了一趟門又回來的兒子，聽說皮包已經尋回，他的反應教我更加沮喪了，他說：

「爸！你完了！你被媽媽傳染了！這根本是媽媽才做的事嘛！眞糟糕！」

這件事給我的啓示是：千萬別輕易相信孔老夫子「知錯能改，善莫大焉！」的門面話！人鐵定不能犯錯，一旦犯錯，很難被遺忘，即使後來變得再聰明，也是枉然！

——原載一九九八・十一・五《聯合報》繽紛版

心臟病與鹽炒花生

毫無預警的，外子突然在一個冬日的凌晨，暈倒在浴室裡。緊急送醫後，雖經一連串精密的儀器測試及名醫的診治，都沒能查出眞正肇事的原因。所有的醫師在遍尋不著罪魁禍首時，都露出深謀遠慮的模樣，權威的向家屬提供一些看似實際，其實不著邊際的養生之道：

「不管是什麼原因，腦子還是心臟，甚至肝呀肺的，像他一樣的中年人，少鹽、少油的飲食習慣，都是很重要的！知道嗎？」

因爲驚慌而露出虛心就教表情的我，在旁邊用力的點頭，表示同意。回家之後，我向飛奔過來探問檢查結果的孩子宣佈：

「雖然病因不明，醫生說，從此得寡鹽少油。」

女兒露出納悶的表情，問道：「爸爸說的話，從不油腔滑調，而且一天幾乎講不到一百句，還得寡言少油？這醫生奇怪！」

兒子白了她一眼，訓斥道：

「你這才叫『油腔滑調』！爸爸是要少吃鹽！」

爲了一家之主的健康，徵得全家同意，從此用低鈉鹽，盡量吃水煮食物，不加油。

一家人艱苦卓絕，咬牙切齒吃了好幾個星期的健康食物，每個人都難過極了！孩子們偶爾在外頭吃飯，總算得到某種程度的救贖！而我，爲了表示同甘苦、共患難，儘管沒滋沒味，也咂嘴弄舌，假裝吃得津津有味！

一日，午後，我自短暫的午休中醒來，赫然發現男人正喀喀有聲的吃著什麼。我好奇的湊上去一看！不禁怒火中燒起來！他老先生居然吃掉了整整一包的鹽炒花生！我大喝道：

「你不要命了！吃花生！」

兇神惡煞般的聲音，嚇壞了正沉醉在花生的美味中的男人！他面露不解的表情，吶吶的說：「醫生有說不能吃花生嗎？」

我氣得幾乎搥胸頓足！差一點哭起來，說：

「我們爲你吃那種不是人吃的東西，只差沒崩潰！你居然偷偷在這兒吃這種又是鹽、又是油的東西！枉費我們一片苦心啊！」

男人恍然大悟！慌忙賠罪：

「啊！我忘了鹽炒花生又油又鹹！眞是百密一疏！歹勢！歹勢！……」

他也搥胸頓足，爲自己的糊塗。不過，隨即表情迷惘的說：

「啊！眞讓人擔心呀！我會不會就是被那種不是人吃的食物，給吃糊塗了呀？」

——原載一九九八・十二・十《聯合報》繽紛版

輯五 什麼都不會的媽媽

雷雨交加的午後

在ＢＢＳ上，看到高速公路大溪交流道附近荷花盛開的消息：

「黎明第一線曙光照映下的荷花最美，飽滿的露珠從豐潤荷葉滑下的剎那，讓人深刻感受到生命的壯美與無常。」

於是，喜歡攝影的兒子和沉迷畫畫的外子被這段纏綿的文字所吸引，決定相偕去一探究竟。

星期天的早晨，天還沒亮，兩個人輕手輕腳的漱洗、整裝，朦朧間，彷彿聽到他倆壓低著聲音商量著要不要叫醒我。我睏極了！沒搭腔，等我再睜開眼時，已不見了他們的蹤影，只見白板上有兩則留言：

「我們看荷花去了！午餐在外解決，不勞費神！」

什麼都不會的媽媽

「我到圖書館看書去了！中午不回來吃飯，一切請自理囉！抱歉哦！」後面是女兒的筆跡，那口氣，彷佛一向是她在操持家務似的。

屋子裡空盪盪的，悄無聲息。原本是熱鬧、忙碌的星期假日，陡然變得清閒極了！我打開音響，讓韋瓦第的「四季」在屋裡流洩，配合著曼特寧的咖啡香，我有點兒興奮地打算度過一個寧靜的星期天。

午飯過後，天空開始飄起細雨。幾道閃電過後，一陣陣悶雷接踵而至。我立在窗前，心情開始浮動。眼看著大雨即將滂沱，而讀書和看花人卻都不知身在何方！正癡癡思想著，雨已傾盆而下，那氣勢，幾乎可排山倒海。風狂雨暴，從窗口望出去，行人紛紛走避，遠遠的，瞧見一輛腳踏車上的女孩兒已被淋成落湯雞，猶兀自強撐著和風雨搏鬥著前進。正替她操心著，仔細一看，不禁大吃一驚，不正是女兒嗎！

跌跌撞撞的進門的女兒，邊打著哆嗦，邊說：「我從圖書館往外看，天色逐漸變暗，又打雷又閃電的，我怕你擔心，趕緊騎上車回來。哪知，雨跑得比我還快！我一路騎，它一路追，終於還是被它給追上了！」

總算放下一半的心！但是，雷電交加，想起昨夜兩位看花人提及要順道轉往山上獵「豔」，一顆心旋即又懸在半空中，會不會被雷雨困在山裡？會不會躲在危險的樹下？我神經質地檢查電話是否掛好了？不停的拿起電話試試可否撥得通？一會兒憑窗佇立，一會兒繞室徘徊。時間一點一滴的過去，電話卻仍舊靜悄悄的。擔憂之餘，憤怒的情緒開始逐漸發酵！我對著女兒痛罵那兩個可惡的、杳無音訊的男人！賭咒若平安歸來，絕不輕饒！正聲色俱厲間，電話鈴響起，兒子在電話那頭朗聲說：

「我們正在深坑，天氣很棒！很適合照相；爸爸也畫了不少作品，今天的收穫不錯哦！……啊！下雨？沒呀！一滴雨也沒呀！」

「我知道了！那你們盡情的玩好了，不必急著回來，反正也沒什麼事！」我幾近巴結的鼓勵他們。

放下電話，不管女兒投來狐疑的眼光，我愉快的唱起歌來！

——原載一九九八．十．二十九《聯合報》繽紛版

愛慕虛榮的媽媽

母親節的前夕，兒子回來得很晚，家人都睡了，只有我疲憊地在燈下改著學生的考卷。他洗過澡，踱過來興奮的和我大談系際籃球賽的種種，談著，談著，不知怎的，我忽然辛酸起來，抱怨道：

「養你們眞沒用呀！光顧著自己高興！今年生日，除了你爹，沒人理我；明天的母親節，看起來也一樣，什麼禮物也得不到，你們生日的時候，記得媽媽怎樣熱烈地表示吧？」

兒子搔搔頭，很諂媚的將我一軍，說：

「我以爲你跟一般的媽媽不一樣的！你不會那麼虛榮，需要人家送禮來加以肯定的。所以，我就沒有……」

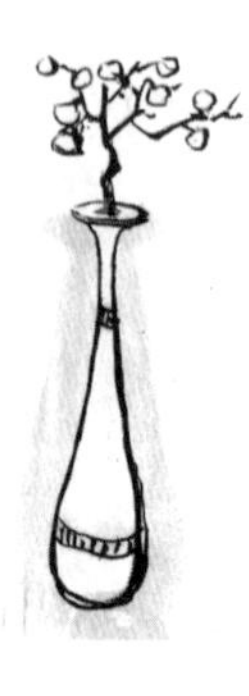

我不等他說完，急急插嘴道：

「我就是很虛榮的，也沒什麼信心，我需要人家一直給我肯定，才撐得下去。我和別的媽媽沒啥兩樣！母親節到了，電視上、報紙裡，人家都在爲辛苦的母親絞盡腦汁送禮物，你們卻一點動靜也沒有，傷心呀！」

兒子訕訕然，故意打哈哈，說：

「好吧！既然您老人家需要，明天，我就去想一想，買個什麼禮物吧！……不過，話說回來，您乾脆告訴我您需要怎樣的禮物，免得買了，又不中用，白花錢。」

這種嗟來之食，本該學古人加以唾棄的，可我實在太沒骨氣了，聽到了，還是開心，我很務實的回說：

「這樣吧！我每天看到你那亂糟糟的狗窩，心情就很鬱卒，你可不可以從今以後把屋子整理整齊，就當作母親節的禮物送給我？」

兒子一聽，不假思索的一口回絕，他說：

「這個禮物太難了！不容易做到，我寧可還是花一些錢買東西給您算了！」

這是什麼話！正待拿「修身齊家治國平天下」那一套大道理好好說他一頓，

他突然想起什麼似的，話鋒一轉，很驕傲的說：

「啊！忘了告訴您，今天下午去上課，臧老師發回上回寫的採寫作業，您記得吧？寫慰靈祭的那篇呀！居然被老師評定爲全班第一，原先老師要請我吃一碗牛肉麵的，後來送了我一張十元的美金當獎品，怎麼樣？夠炫吧！」

我回想起他字斟句酌地趕報告到深夜，果然得到老師的鼓勵，眞替他高興！連忙說：

「不用再想其他的東西了，拿這份作業成績當我的母親節禮物好了！媽媽最虛榮了！最喜歡這種振奮人心的禮物了。」

兒子眉開眼笑！壯士斷腕般地說：

「乾脆連那張十元美金一起送啦！您看！我多有誠意呀！」

「美金你自己留作紀念啦！只要把那張有老師評語的報告送給我就行啦！其實，我要的不多啦。」

母子倆將那張美鈔送過來、推過去了幾回合，我只好假裝勉爲其難地說：

「恭敬不如從命啦！既然你這麼誠意，也不好推辭太過……」

我頓了頓，把那張美金順平了，接著說：「不過，手上拈了張美鈔，嗯！感覺上，這份禮物好像眞的更完美囉！」

兒子賊賊的說：

「您看！我對您夠好吧！我的零用錢已經夠少了，還對您這麼慷慨！這個月我得省吃儉用才行了！我只剩下……」

我裝糊塗！一句也不敢搭腔。警告自己：此刻，鞏固心防最重要！我狠心的說：

「總之，非常謝謝啦！我累了！你也早點兒睡吧。」

——原載一九九八・八・二十七《聯合報》繽紛版

另類新年

經過四年的奮戰不懈，我的博士論文寫作正處於緊鑼密鼓階段，外子走進書房，對著緊盯著電腦螢幕的我問：

「今年的年，打算怎麼過？」

我的雙手仍然猶疑的在鍵盤上移動，心不在焉的回答：

「什麼怎麼過？」

外子一向對我的學業極爲支持的，但是，不眠不休的躲在書房，緊盯住電腦螢幕，也不免教他擔心。他說：

「過年呀！你總不能還躲在這兒，該起身運動運動，老跟電腦打交道，遲早會得飛蚊症。……我是說，今年要不要回去老家過年？還是湊合著在這兒過？如

果在這兒過年，是不是該準備一些年貨呀！如果還是回去過，也應該跟媽媽打個電話吧！」

我斟酌著一個適當的用詞，偏著頭，好像在考慮他的問題。想起來了！我興奮的說：

「對！就是這樣！……沒錯！」

外子一看我一副無可救藥的樣子，索性搖搖頭走了。除夕的前兩天，晚飯桌上，外子宣佈：

「因爲媽媽趕寫論文，今年，我們就在台北過年。媽媽忙，由我主持年夜飯，你們得幫幫忙，至少將自己的屋子清一清。有任何問題，可以提出來，如果沒有，就此解散。」

那年，兒子十七歲，女兒十五歲，他們最關心的問題還是壓歲錢。兒子很快提綱挈領的發難：

「那叔叔的壓歲錢怎麼拿？」

雖然是問句，聽起來倒比較像驚嘆句！因爲叔叔的壓歲錢年年總給他們很大的驚喜，這件事太重要了！大人還來不及回答，女兒也接口道：

「還有阿嬤的、外婆的、二姨媽的，另外，你們要給依潔他們的壓歲錢，又怎麼給？」

依潔是他們的堂妹，叔叔的女兒。

「很簡單呀！統統抵銷。叔叔不必給你們，我們也省了，不給依潔！……你們小孩得利，我們大人遭殃！奇怪哦，不知道是哪個傻瓜大人這麼不會算計，訂下這麼不划算的規矩！」我轉頭向外子說。

兩個孩子全生氣了，兒子奸詐，用激將法：

「是呀！我早看出來了，你們大人自己小時候得了便宜、拿了紅包，現在開始要賴皮，想不給！想都別想！」

我不理他們，踱進屋去，繼續我那看起來似乎永遠無法完工的論文。

除夕那天，外子進進出出好幾趟，我看似鎮靜如山的繼續工作，其實，心裡有點兒著急，不知道他會搞出什麼花樣來。最後一趟從菜市場回來時，我忍不住了！放下稿子，跑到廚房巡視一番。眞大大嚇了一跳，那態勢，像是將有一連以上的人來家裡過節般。大蘿蔔出現五條、菜心買了五大支、長年菜好幾棵、蔥蒜各一大捆、豬肉三大包、排骨數十塊、雞兩隻、外帶一隻大白鵝、牛肉牛肚及其他應景的瓜果、乾貨、蔬菜，更不在話下。我說：

「饑荒年代嗎？還是有客人來？買這麼多，怎麼吃？冰箱也擺不下呀！」

他不知道有無聽出我言詞中的揶揄，仍振振有詞說：

「人無遠慮，必有近憂。有沒有客人來不知道，萬一來了，可不能沒東西給人家吃呀！我媽過年就這麼買的。……」

我想和他說明時代之變異，久遠年代囤積年貨之必要及現代生鮮超市所帶來的便利之類的話，話到嘴邊，還是硬生生吞了下去，因爲我及時省悟到沒有時間盡義務的人，最好別隨便批評人家，而不批評的最好良方，就是「眼不見爲淨」！於是，我訕訕然又躲進書房，繼續困獸之鬥。

外子是個獨立的人，太獨立了，教人害怕。一個下午，他悶頭做事，居然一次也沒到書房請教廚藝之類的事，憑良心說，我非常擔心除夕夜沒有一樣能入口的料理，儘管只是四個人過年。我不時的跑出來同他說：

「有什麼問題，儘管來問我，我不會受到干擾的，你放心！」

他笑笑，沒說話，看起來成竹在胸。不知爲什麼，這讓我感覺心裡毛毛的。

「年夜飯開始了！除舊佈新，所有手邊的工作都停止！」

外子大聲的宣佈過後，孩子們很有默契的進到書房，一個做儲存動作，一個負責關機，半推半擁，把我從電腦前架走。

飯桌上，居然一應俱全。圍爐的火鍋料、雞、魚、長年菜，連高難度的烤烏魚子都香噴噴的，只是酸菜黃魚的眼珠子掉出來，牛肉炒得像橡皮筋，獅子頭散成一堆碎肉，但是，大體都還可以識別出它們的原始身分。我有一點悵然若有所失，原以爲，沒了我的張羅，他們會張惶失措，沒想到，世界還是一般運轉。我無限哀怨的說：

「看起來，你們都可以自立門戶了，沒有我，你們也都弄得有模有樣的嘛！」

外子故意將聲音提得很高，捲起舌頭，打哈哈的說：

「開玩笑，沒有您的領導，充其量就這個水平啦！表面功夫誰不會，細部可就大有學問啦，何況，重要的是精神標竿，眞要吃好菜，上館子豈不更方便？沒了您，那這年算啥呀！」

瞧他這一番話，和大陸的用詞可不有幾分神似！雖然，裡頭的學問太深，一時之間，尙且來不及細細體會，但言談間的誠意，教我很滿意！我決定慢慢再斟酌其間的深意。

四人吃火鍋，有一些冷清，尤其，那個可惡的論文已淪肌浹髓的穿透我的肌膚及腦海深處，我不時的想起哪個章節的某個地方，可能有一種更好的修辭或裁章，常無視於其餘三人譴責的眼光，喃喃自語的起身前去修改。女兒說：

「完了！媽媽瘋了！回不到這個年來了！」

兒子說：

「這是啥撈子論文！教媽媽這樣牽腸掛肚，以後，打死我也不拿博士學位，依我看，根本是生不如死嘛！這種日子！」

爸爸嘆了口氣，說：

「你還是回去你的《桃花扇》裡吧！我看，沒徹底寫完，你是出不來了。赦你無罪！去吧！」

草草結束了滿桌豐盛的團圓飯，我又一頭鑽進《桃花扇》裡：兩朝應舉與修眞學道的轉變、死難殉國與臨難苟免的釐清、纏綿悱惻與忠君愛國的糾葛……隱約之間，聽到客廳傳來孩子們無聊的嘆息，外子無力的安撫，我自顧不暇，連抱歉的話都沒空說，逕自在成堆的資料間歸納分析，像是個可以判定歷史眞相的重要人物般，覺得自己一言九鼎，意氣風發。

感覺才一會兒工夫，怎麼竟聽到雞啼的聲音！我探頭到窗外，天邊隱隱露出魚肚白，一夜連綿的鞭炮聲，至此已完全劃下休止符，大台北像一個告別喋喋不休年代的靜謐大盆地，莊嚴肅穆。我踱到前廳，鐘擺正待在凌晨五點位置，我伸伸懶腰，覺得確實有點兒疲憊了。

客廳的茶几上，凌亂的散置著昨晚餘留下來的零食，花生糖、瓜子、巧克力、核桃仁、牛軋糖……我發現外子仍舊買了被我念了N年還不罷休的大溪豆乾，黏不拉搭的，每年總是在年後清理進垃圾桶，爲什麼還買呢？是什麼情結作祟呢？嗯！等做完了《桃花扇》的研究過後，我決定好好研究一下此事的心理因素。

現在，我累了！新的一年開始，我要先去睡個覺，我撐不住了。

——原載一九九八·二·二《台灣日報》副刊

明天，美麗要來了

因爲忙碌，決定請一位歐巴桑幫忙清掃。巷子轉角的美容院老闆娘經過輾轉介紹，帶來了一位五十許的太太。上工的第一天，才一會兒工夫，她就熟門熟路的穿堂入室，展開清潔工作。

從來凡事自己來的我，面臨一個嚴苛的考驗。屋子不到五十坪，走過來、繞過去，年長的歐巴桑躬著背、辛勤的跪在地板上抹地的身影，似乎怎麼也無法避免的裸裎在我的視線範圍，尊老敬賢的傳統觀念，隱隱蠢動，我開始坐立不安，無論如何，星期一的早晨，無法再像以往般翹著二郎腿看報紙，而不慣被伺候的侷促感，使得我無法安然坐視。爲了掩飾內心的不安，每隔幾分鐘，我便殷勤的過去問她：

「口渴嗎？要不要喝水？還是果汁？牛奶？」

女人的臉色非常蒼白，半個鐘頭左右，她便不支地歪坐在沙發上喘氣。我嚇壞了！趕忙倒了杯牛奶給她補充體力，這才知道，她上星期才剛開過刀，可是，爲了生活，也不得不拖著虛弱的身子，勉力而爲。聽完此話，即使鐵石心腸，也不禁落淚，其後的一個半鐘頭，她負責抹桌子等輕便的活兒，輪到我跪著擦地板。

後來，有人介紹了美麗來。美麗是個漂亮的年輕女子，沒念什麼書，文靜可愛，而且身體看來健壯，這讓我感覺比較安心。然而，在我眼裡看來，也不過是個比女兒大不了幾歲的愛漂亮女孩罷了，因爲，幾次不經意的發現，她立在臥房的長鏡前，前前後後擺弄著姿勢。如此年輕的生命，愛美、愛玩的年歲，不能像同年齡的孩子般繼續學業，而得辛苦的從事一家接一家的清潔工作，我的豐富聯想力，馬上想到她必定有著可憐的身世，也許母親正生著惡疾或爸爸長年纏綿病榻之類的。然而，萍水相逢，也不便追問個人隱私，我只覺憐惜，尤其在知道她一星期要負責至少六個以上家庭的清潔工作，更是心疼不已。

一星期，美麗來清掃兩次。爲了減輕那可憐的孩子的負擔，我總在美麗來清潔的前一天，盡量先將屋子整理一遍，譬如：桌子上的書本、筆記、報紙……等物件，先行各歸其位，以利她抹桌子時的方便；抽油煙機用完後，先行粗略清理一遍，免得積垢難以處理；洗乾淨後晾在水槽邊兒的碗盤，也趕緊收拾進櫥子裡，免得妨害刷洗。我總在美麗來的前一晚不停的耳提面命：

「明天美麗要來了！兒子！把你的狗窩稍稍弄整齊，衣服掛進櫃子裡；書桌的桌面騰乾淨；電腦周邊的磁片、講義也一併收一收，……還有，明早起床，務必將被子摺好，有沒有聽到呀？不要讓美麗笑話你亂七八糟！」

「明天美麗要來了！女兒！你的髮夾、梳子，請放好；黏膠、剪刀不要擺在桌子上，床單先換下來給媽媽洗，不要讓美麗累壞了！」

「先生呀！明天美麗要來了！今天請先將流理台清一下好嗎？玻璃杯請洗乾淨一點，要不然，美麗又要重洗一遍了！」

「明天美麗要來了！」變成一個可怕的宣言！人人自危，在美麗來的前夕，孩子挨罵！先生被叨念！自己累得人仰馬翻。心虛的整理著桌面的兒子，有一天忽然覺醒過來，抗議道：

「噯！有沒有搞錯！美麗不就是請來幫忙整理屋子的嗎？為什麼看起來像是

督學要來一樣呢？我的報告寫了一半，明天還得繼續，爲了美麗明天要來，我就得先把資料收拾起來，等美麗走了，你知道我得花多少工夫再找到參考的段落嗎？」

女兒也理直氣壯的說話了：

「我們同學家請的菲傭，什麼事都幫她們做得好好的，爲什麼我們請了美麗，反倒好像比原來更麻煩呢？美麗沒來以前，我還可以選擇時間整理屋子，現在卻被迫固定在一定時間清理，像現在，明天要考試的功課還沒準備好，也得先收拾房間！哎呀！請美麗來，眞是倒楣呀！」

先生也啼笑皆非的附和：「是呀！怎麼好像美麗來了，並沒有減輕負擔，反而更緊張了！玻璃杯有一點霧霧的也不行，太麻煩了！」

而我，鐵面無私的一邊執行著家庭政令，一邊溫柔婉約的諄諄教誨孩子：

「你們不知道自己有多幸運！美麗大不了你們幾歲，就這樣辛苦的爲家庭打拚！你知道她要打掃幾家嗎？六家欸！惻隱之心，人皆有之，對不對？對我們而言，這只是舉手之勞，對她來說，就減輕許多負擔，你們忍心……」

先生本來就是個厚道的人，聽到這兒，就恨不能給美麗多加一些工錢，只好無怨無尤的更努力把杯子洗得亮晶晶的；務實的兒子聽了我那加油添醋的可憐身世的形容，只納悶的搔搔頭走開，一時也提不出什麼辯駁的言詞；而一向心腸最軟的女兒，不顧隔天的考試可能不及格，辛苦熬到半夜，主動將房間整理得一塵不染。最慘的是，爲了不忍心看美麗因辛苦工作而汗流浹背的模樣，我總在美麗進門的剎那，迅速逃離現場，流離失所的在馬路上四處遊蕩。

糟了！明天，美麗又要來了！唉！

——原載一九九八・四・二十八《聯合報》繽紛版

媽媽的成績單

爲了找一份資料，我爬上爬下的翻箱倒櫃，需要的資料，渺無蹤跡，倒翻出許多陳年往事來了。我乾脆盤腿坐在地板上，一件一件的翻看，一樁一樁的回味起來。

女兒下課了，看到我聚精會神的在一些發黃的照片及紙張間吃吃發笑，不禁好奇的挨過來；兒子回來了！見我沒像往常般跟前跟後問他一些他所謂的「垃圾問題」，頗不習慣，也湊熱鬧的到書房裡，三個人便頭擠著頭，對著畢業紀念冊、留言本、黑白老照片品頭論足，又說又笑的月旦起人物來了。

翻呀翻的，突然跑出一疊成績單。

「啊！媽媽的成績單欸！來！我們來看看成績如何？」

兒子怪聲怪調的揶揄我。我慌得一把把它搶過來，兒子仗著身高的優勢，身

手矯捷的又搶了回去，一邊跑、一邊高聲唸道：

「國文八十八，不賴嘛！成績優秀哦！了不起。歷史八十二，嗯！尚可，地理七十八，有一點遜囉！……」

我拚了命似的追趕，企圖在情勢尚未完全惡化之前，能湮滅證據。女兒也不明原因的跟著追，興奮得不得了。我氣了，厲聲斥責：

「蔡含識！還給我！聽到沒？……你完了！你有得瞧了！看我以後怎麼整治你！……」

我聲嘶力竭的威脅著，那兩個孩子瘋了，根本不加理會。女兒拉住我，兒子跑得遠遠的，拉開嗓門繼續宣佈：

「啊！英文六十七、數學六十二，低飛過關耶！媽！你眞神！怎麼掌握得那麼準！……呀！看看這張！不得了了！有紅字耶！廖博士居然成績不及格哩！哈！哈！每次都嫌我們成績爛，超爛的在這兒哪！……」

我索性由他去了，噘著嘴辯解：

「有什麼稀奇！我從來也沒瞞過你們，我的文章裡不是提過很多次，我的分解因式很糟嗎？奇怪哪！大驚小怪！」

「我一直以爲那是寫文章時的誇飾手法哪！哪知道眞的這麼差！」兒子嘻皮笑臉說。

「考試成績單算什麼！你們不知道，那時候，我得了幾張作文比賽和演講比賽的獎狀！講了你們都會嚇一跳。這是個專業的時代，重要的是你有沒有什麼專長，成績最無聊了！」

「成績最無聊了？是嗎？是你說的哦！要記住哦！」兒子賊賊的窮追猛打。

妹妹睜大眼睛，不敢置信似的說：

「眞是晴天霹靂呀！我以爲媽媽的成績很棒的哩！眞是『人不可貌相』呀！」

「什麼跟什麼嘛！陳年老帳還拿出來算！……」悻悻然的，我故意扳起臉孔，躲進廚房。

他們不吃我那一套，在晚餐桌上，爭相向爸爸報告，三個人笑得前俯後仰。

我草草吃過飯，離開飯桌，隱約間，聽到女兒說：

「媽媽的眞面目已經被發現！我終於明白，原來我的功課不好是媽媽的遺傳嘛！現在總算找到元凶了！」

——原載一九九八・五・二十八《中國時報》人間副刊

媽媽什麼都不會

勤快的丈夫造就出疏懶的妻子，我的無能全是丈夫調教的結果。打從孩子曉事以來，重紀律、講效率的爸爸，總是孩子們諮詢的好對象，懶惰的我，爲減少麻煩，常在他們的問題之後，推卸責任地回說：

「啊！去問爸爸啦！我不會。」

然後，就可以閒閒地高枕無憂。

可是，怎麼也沒料到，後遺症來了！一日，我從外頭回家，正在門外脫鞋，就聽門裡女兒恨聲說：

「有什麼稀奇！就不肯教人家，等媽媽回來，我請她教我！」

話聲未已，緊接著聽兒子幸災樂禍地說：

「你去問她好了！媽媽什麼都不會！」

是可忍，孰不可忍！我急急脫下鞋子，衝進屋內，意興風發的說：

「來！來！問我！問我！誰說我不會！什麼事？」

女兒手上拿著幾支竹片子和幾張紅色玻璃紙，高興的說：

「你會做風箏嗎？我們老師要我們做風箏。」

我頓時氣餒下來，吶吶的說：

「風箏……我剛好不會，但是，其他的可難不倒我，譬如說……」

我抓頭撓耳，一時居然想不出什麼拿手的把戲，只好故做鎮靜的吹牛道：

「啊！總之，以後別客氣，有什麼不會的，儘管來問我，包君滿意的啦！」

從那以後，果眞有幾回，女兒虛心的拿著數學作業來向我請教，我使勁兒地想、滿頭大汗地解題，卻始終不得要領，最後是在不斷地詬病教育部草菅人命聲中，由外子接手過去解決。那大約是孩子們國小中年級時的事，從那以後，我又一蹶不振的被打入「什麼都不會的人」的行列中。

爲了表示關心親子教育，兒子的懇親會可不能缺席，星期六的下午，當我盛裝準備赴會時，兒子攔在門口，殷殷垂詢：

「您今天要發言嗎？」

「不一定呀！看情形再說啦！」

「我建議您最好沒事別隨便發言！要不然，您要說什麼，先說給我聽聽看！」

喝！這傢伙！看他說的什麼話！老媽發言居然還得經過他審核！這是什麼世界！難不成已發展成母子易位的年代了。他到底擔心些什麼？

「誰知道您會說出什麼話來！您有些觀念跟人家的媽媽都不大一樣，像上回，人家的媽媽決定在暑假期間，找地方給我們聚在一起讀書，就您一個人反對，這樣很奇怪呢！」

「那你是覺得他們的決定是對的囉？你也希望大熱天去讀書，不必放假囉！」

「也不是這樣啦！只是我不希望您跟別人不同，會被人家說話的！」

兒子上國三時，每天輕輕鬆鬆過日子，一點不像即將面臨聯考壓力的人。一個星期天的早晨，我正在書房裡看書，見他在屋裡遊手好閒，實在看不下去了！我說：

「快聯考了！看看書吧！」

「我都看完了！不信，您問我！」他優哉游哉的答。

「書本居然有看完的時候！你還眞神呀！我才懶得問你，讀書是自己的事，別賴給我！我才不問你哪！」

「那這樣好了！您不問我，輪我問您！」

我的書正看到精彩處，沒搭理他，他興高采烈地出題：

「王維的字是什麼？」

「摩詰。」我不假思索的說。

「哇！對欸！那陸游呢？」

「務觀。」

「哇！很神呀！……那關漢卿的號呢？」

「已齋叟。」

「啊！媽媽！你怎麼都會呢？你很棒的嘛？」

在中文系教授多年中國文學的人，因爲這麼點兒小常識，居然接受如此驚訝的讚美！我啼笑皆非、狼狽失措，決定痛下決心，改頭換面，將所學的知識好好展示一番。我清清喉嚨說：

「說到中國的詩歌，從唐詩、宋詞到元曲……」

正當我興會淋漓的高談闊論之際，兒子露出不耐煩的表情插嘴道：

「有關詩歌史，以後再慢慢談好了！我們考試不會考這些的，……我得唸書去了！您看您的書，我不來煩您了！」

——原載一九九八・七・三十《聯合報》繽紛版

放羊的孩子

黃昏，女兒從學校回來，洩氣的說：

「今天，一點都不好玩！所有老師都變得非常精明。數學課時，我們騙老師，說他走錯了教室，老師說：騙不了我的！我若是那麼糊塗，分解因式哪分解得出來！國文課時，我們和隔壁班同學交換教室，她們老師才走進教室，馬上笑著對我們說：臉孔都不一樣了歐！要老師陪你們玩遊戲呀！……哎呀！真討厭！去年，老師都被我們耍得團團轉的！今年真無趣。」

我抬頭看日曆：四月一日，愚人節。血液裡的惡作劇因子，陡然滾滾流動了起來。我興奮的說：

「不必絕望！我們還有最後一個機會，爸爸還沒回家哪！」

女兒黯淡的眼神，霎時晶亮了起來！兒子也回家了，聽說了我們的構想，馬上從奄奄一息的狀態轉變爲鬥志昂揚！荀子的「性惡說」，在此得到充分的印證。

經過一番腦力激盪後，我們開始佈置。玄關書櫃上的抽斗一一開啓，將裡面的東西全數翻出，並亂撒一通；客廳的櫃門也全部打開，餐桌上的桌巾拉扯成歪七扭八狀……總之，要讓進門的人，一眼就看出遭小偷的樣子。爲了進一步造成驚悚效果，番茄醬也派上用場，一坨坨被足跡踐踏過的番茄醬從廚房、客廳、玄關一直迤邐到電梯，看起來像剛發生過命案似的。電梯出來的大門敞開，我奉命塗了一臉的番茄醬趴臥在一進門即可看見的玄關出口，兩個孩子則分別倒臥在廚房及臥房裡。一切準備就緒，就等男主人回來了！

偏是時間早過了，一向準時回家的外子卻久久沒有出現。番茄醬密佈的臉開始發癢，我後悔一時失足，出了這麼個餿主意，打算反悔，正在興頭上的孩子哪裡肯依！好說歹說，迫我就範。就在議而未決之際，門鈴驀然響起，不由分說的，我們三人匆促各就各位。隔了半晌，外子見門鈴無人應聲，自行開門，電梯徐徐上升的聲音穿透我的腦際，我突然莫名其妙的心跳加快起來！電梯門打開的剎那，我的心臟差點兒跳了出來！這時，突然一聲石破天驚的喊叫：

「啊！哪會安捏！」

然後，我聽見007手提箱被甩到地上的聲音，外子狂奔過來，我被他淒厲的驚叫聲嚇得魂飛魄散！打算趕緊起身，免得他老人家心臟不堪負荷，可是，卻力不從心，雙腳軟趴趴的。外子悲痛的扳起我的臉孔，我只好投給他一臉詭異的笑容，虛弱的安慰他：

「騙你的啦！」

然後，心虛的指指裡面，賴皮說：

「都是他們強迫我的啦！」

孩子們嘟著嘴從裡間出來，恨恨的說：

「哎呀！那裡是我們呀？根本是媽媽出的主意呀！媽媽最會賴皮啦！……」

一向好脾氣的男人，整晚，鐵青著臉，不發一語；我們三人從此變成放羊的孩子。

——原載一九九八・十二・三《聯合報》繽紛版

媽媽開始學習獨立

女兒一向乖巧懂事，家裡的電話響了，不管身在何處，總是她飛奔去接；電鈴聲起，準是她急急去應門；外婆來了，她負責接待、灌迷湯；家人生病了，她像個管家婆般，嘮嘮叨叨，送藥倒水，侍奉得無微不至；無論她正做著什麼，只要一聽到有人喉嚨不舒服的聲音，一杯茶水，立刻奉上。

煮好咖啡，發現奶精沒了，喊：

「含文！去7-11買一包奶精。」

黃昏時分，即將做飯，只說：

「啊！薑沒了，只好將就著，獅子頭就少一個味道吧！」

才放學回家的女兒，便立刻換上便服，騎上腳踏車，往生鮮超市奔去。坐在

沙發上看電視，口渴了，懶得走動，只要吆喝一聲，女兒便邊端水，邊叨唸著：

「小懶豬哦！不起來運動、運動，小心變胖哦！」

勤快的女兒寵壞了媽媽。媽媽變得四體不勤，成天坐在書房裡、電腦桌前，東吆西喝，女兒如響斯應。良心發現時，對女兒半開玩笑半當眞的恐嚇：

「我決定把你留在家裡，不讓出嫁，讓你做老姑婆！一輩子和爸、媽相依爲命！這麼乖的女兒！我捨不得呀！」

天眞的女兒一聽，大吃一驚，慌忙回說：

「才不哪！每一個女人攏嘛要嫁人，那有像您這樣的媽媽！嫁人了，還不是照樣可以回來幫忙，您放心啦！」

我和她胡混，嚇她：

「不行！嫁人了，就要侍奉公婆、款待丈夫，對爸媽，再不能像現在這樣好，啊！啊！一想起來，我就受不了！」

她急了，發誓賭咒，好像已經找到急著和她私奔的如意郎君一般，甚至還轉頭去向爸爸尋求奧援。爸爸皺著眉，對著兩個發瘋的女人直搖頭！說：

「兩個猾仔！不要睬你們！」

可怕的事終於發生！女兒比預期還要快的，決定離家，遠赴異域求學。事情決定之後，爸爸成天表情凝重，像個嘮叨婆般數落東、數落西：

「看你這樣！怎麼出去？完全沒個秩序！」

「連這個也不會，怎麼出去！我看，過不了幾天，你就要捲鋪蓋回來！」

我私底下說他：

「女兒眼看就要出遠門，你就少說她兩句吧！」

爸爸垮著一張臉，不作聲。

幾天之後，爸爸在書桌上，找到一封短箋，細心的女兒寫著：

「我知道爸爸這幾天一直罵我，是因爲捨不得我走，爸爸不要傷心，我還是會給您寫信、打電話呀！……」

爸爸看了紙條，眉頭皺得更緊，看起來心情複雜。

媽媽惘惘然，成天坐著哀嚎，什麼事也做不了，難過的撒嬌：

「女兒走了！我怎麼辦？咳嗽了，有誰幫忙拿藥？沒奶精了，誰幫忙買？哎呀！辛苦了一天回來，誰幫忙捶背？沒有了女兒，我活下去有什麼意思！想起來傷心呀！」

女兒正色的回說：

「我走了，你就要趁機開始學習獨立呀！對不對？……」

——原載一九九八・十二・十七《聯合報》繽紛版

網路家庭情趣多

兒子住校去了，最會撒嬌的女兒也突然出國，沒了孫子、孫女的家，連外婆都懶得來了！不到一個月的時間，熱熱鬧鬧的家驀地變得冷冷清清！雖然未到知命之年，空巢期卻提前到來。

爲了解除相思之苦並表達關懷之意，我總不停的抽空在電腦網路中，和兒子、女兒互通訊息，繼續我婆婆媽媽式的叮嚀。原先只以e-mail傳遞，有幾次上到兒子學校的ＢＢＳ站，想多了解一下他的學校生活，居然在網站上看到「嗨！老媽！你也上來了啊？」的招呼，使我驚喜莫名，從此，便偶爾逡巡於交錯的網路間，期待和兒子、女兒的不期而遇！拜科技發達之賜，我們在網路裡，終於能夠繼續親密的交流。

和電腦結緣，始於寫作博士論文之時，爲了儲存資料之便，無意中變成電腦族；而自從我的學生袁勤國先生主動幫我架設了一個個人網站後，我又奇蹟式的被迫躍升爲網路族，每天和讀者及學生在網站上熱烈的交通著。說起來，連我都覺不可思議：一個最不上道的機器盲，居然誤打誤撞的和最新科技糾纏上了！而兒女遠走之後，網路竟成爲我們一家人表情達意的最佳工具。

剛開始，我們只用e-mail相互求援或作簡單的問候、提醒，諸如：

「我剛剛寄了一份電子郵件給你，請你幫忙看看！我打不開。請你想辦法打開它，再將打開的資料傳過來給我（知道你厲害！）如果不太麻煩，請以急件處理，老媽的事有優先權嗎？」

「昨日電話中得知你掉了簽帳卡，心中悶悶不樂，擔心的事，終於發生！丟三落四的習慣若不努力克服，總有一天，一早起來，你會發現，不知何時，腦袋已不翼而飛。想起沒有腦袋的女兒，眞讓我不寒而慄呀！」

而兒子的來信，總是用很聳動的標題，如「救救我吧！」「再度求援！」和他小時候常在家裡白板上的留言沒什麼兩樣，慣常的以金錢掛帥：

「剛開學，教授指定的參考用書甚多，給我的生活費，已入不敷出，請補助一下吧？喔！對了！我配了新的藍色鏡框眼鏡二七五〇元，求你可憐可憐我吧！」

女兒則常老氣橫秋的教訓哥哥：

「我不在時，你不要常惹媽媽生氣，要常回家看看父母！畢竟他們只有我們兩個孩子。要不然，就太可憐了！」

其後，實用性的應用文逐漸轉變成感性的抒發。冬天到了，兒子從家裡搬了棉被、毛毯到他寄居的宿舍去，連酒精燈、咖啡壺、奶精、糖、碗、瓢、火鍋都大舉搬遷，彷彿決定到外地長住久安了！我心裡感慨莫名，便在當日發了一則e-mail給他，說：

「今早見你帶去火鍋及咖啡壺，那感覺，就像兒子要去自立門戶一般，讓你爸和我十分感傷哪！我們還是期待兒子星期六的歸來，雖然那常叫我痛不欲生，但想到能和兒子一起坐下來喝一杯咖啡，日子還是相當值得期待的。當然，如果你在回家時，能改掉讓我焦慮萬分的半夜不眠惡習，那就更美滿了！」

有趣的是，次日，我便接到兒子的回音：

「提供笑話一則：話說『含』同學前日將家中咖啡壺帶至學校，正準備享受一些家的感覺——煮杯香濃的咖啡來喝，待把所有的器具都擺至定位，才發現最重要的咖啡沒有帶……」

最近，慢慢的，兒子居然在我的信箱裡，陸陸續續轉來了一些文章，趣味性的文字、感性的報導，更多的是知性的議論。據他說，是針對我的需要，提供我閱讀的，目的是讓我這為人師表的，對學生的想法及時代的脈動，有更前瞻性的了解，免得太早被打入LKK族。我像受教的小學生般細細閱讀這些文字，一邊領受孩子的善意，一邊不免有些啼笑皆非的感覺。曾幾何時，那位我經常剪報供他閱讀的孩子，已鹹魚翻身成為我的領航導師！於是，我傳給兒子這樣的一封e-mail：

「謝謝你經常將一些有意思的網站資料寄給我，雖然，這常讓我有一種母子易位的錯覺。但是，繼之一想，在這開放的時代，資訊的流播如此迅速，又有誰敢誇言他是絕對的權威！何況，我將你的e-mail解讀成一位關心母親的兒子對媽媽的期許，最重要的是，他一定是覺得媽媽的可塑性仍強，值得改造！這樣想，不禁讓我感覺到驕傲起來。老人家最缺乏的常是彈性，不管是肌肉還是思想！你覺得我的思想還算頗具彈性吧！附筆：明日〈焦慮的星期天〉一文將在『沒大沒小』專欄登出，你的惡行將昭告於天下！歹勢啦！」

我們便在網路上，如此相互切磋，並用平日少用的溫柔且優美的言語，互相砥礪。每每坐在電腦桌前，閱讀這些迅即傳遞的文字，總在升起一股溫暖情懷的同時，不自禁的要對先進科技深致謝忱。

畢生傾注關愛的眼神於家庭問題的日本導演小津安二郎，最常在電影中呈現給觀衆的鏡頭，就是兒女離家的老人，用空茫的眼神注視遠方，在人去樓空的屋子裡，靜靜地咀嚼生命的寂寞況味兒。小津如果活到現在，他的電影可能不復如此悲涼。電影鏡頭裡的老人，將可以微笑的坐在電腦桌前，透過**I-Phone**和身在千里外的兒女，面對面地談文論藝。

這世界眞的是「天涯若比鄰」了呀！

——原載一九九九・一・七《聯合報》繽紛版

附錄

給兒女的十封信

之一　寫給身在成功嶺的兒子

之二　寫給身處異國的女兒

火車站道別

含含：

車子緩緩駛離松山火車站，見你淹沒在人潮中，不知怎的，心裡竟有幾分辛酸。雖然，知你一向獨立，在外表現良好，其實毋需操心；何況一直在演講當中，強調孩子不宜過度保護，應放手時得放手。然而，仍然心有戚戚焉，這大約是母子連心吧！作母親的，儘管在外如何大氣派，在孩子面前，一逕是婆婆媽媽。

昨晚，接到你的電話，非常開心！儘管電話中像有人在你身後持槍催促般匆忙，但是，打來電話表示你注意到了父母的心情，是一種體貼。我已迅速將你平安的訊息及你的新址告訴Sandra。糊塗的你，從未將Sandra家的電話留下，幸而，一向雞婆的妹妹立刻找到你在政大的通訊錄，所以，由此證明，常注意小節的人，總會在重要事情上，發揮關鍵作用。

家裡正在推行新生活運動，自你走後，含文突然像「紅玫瑰與白玫瑰」裡的振保，一夜之間，變了個好人。除了繼續發揮「體貼」的一貫特質外，並開始整理衣物櫥櫃，房間整得煥然一新，並開始勤讀英文。她承認高一、高二太混了！打算在高三奮發圖強。不過，她說：

「我心腸太軟了！常常無法持續，你必須常提醒我！」

我指出她用語不當：

「這不叫『心腸太軟』，這叫『意志不堅』才對。」

她的解釋是：

「因為心腸軟，所以，常常不忍心對自己太嚴苛！」

這樣的說法，聽起來好像又有些道理。

這些天，爸爸都有應酬，沒回家吃晚飯不說，連便當也不用帶，所以，做了許多菜的我只好自食惡果，當然也連累到那位矢志過新生活運動的女子，兩位可憐的女人，已連續吃三頓一模一樣的飯菜，可能得繼續吃到地老天荒吧，想起來

真絕望呀！你們的伙食好嗎？生活辛苦嗎？盼來信，訴苦也好，說說新鮮事更佳！祝

平安快樂！

媽媽　寫於一九九七・八・二十下午二時

逛士林夜市

含含：

聽到電話裡的聲音仍十分「硬朗」，顯見成功嶺並沒有太折磨人！星期天，我們會依約前往會面，地點在電話中說明，我還得問問熟悉地形的台中人。

前晚，我們去逛士林夜市（你爸再度心血來潮），十點多才去，仍舊人潮如織，距上次（學生時代）逛士林夜市，約已二十餘年，面目今非昔比，熱鬧得嚇死人！我找到了當年最愛的大餅包小餅，帶了兩個回來，至今，冰箱內仍存一個。不知是因冰過而失色？抑或溫暖的記憶包容了過度的想像？不過，仍讓我回憶起那段艱困的求學生活！窘迫的經濟狀況夾帶著飢饞的肚腹，長年虎虎的注視著食物，是你們這一代生活在豐裕環境裡的孩子所無法想像的！仍是一句不中聽的老話，在物質上，你們眞比我們幸運多了！期待在精神上，你們也能比我們更充實、更炫麗！

這幾日，我連坐兩趟飛機，一趟去花蓮，到《聯合報》主辦的聯合文藝營上課；一趟去台南，是《中央日報》辦的週末下午茶，在當地文化中心演講，可謂風塵僕僕。雖然忙碌，但還是不時想起遠在台中的你。距離眞的能產生美感，你不在，我不用盯著你洗澡、睡覺，感覺上好輕鬆，可以用那些多出來的時間想你，眞好！但又有些期盼星期天早些到來，好奇怪！人眞矛盾！

星期六，爸爸和含文參加中科院舉辦的自強活動，去龍潭附近爬山，回來累得什麼似的。

妹妹的新生活運動開始有些變舊，我擔心她無法持久，你寫信鼓勵、鼓勵她吧！她一向比較聽你的。

外婆一直期盼你回去台中找她，許久以前，就開始嚴陣以待。她以爲你這星期日就可以下成功嶺省親，我擔心她又會藉此召集大批人馬回去！把她累壞了！人老了，恐怕是眞的怕寂寞。不知道以後我會變成什麼樣子？該不會天天盼著你帶妻兒回來吃飯吧？阿彌陀佛！希望別變得如此「慘悽」才好。

寄上數張郵票，多寫信吧！祝
平安！

媽媽字　一九九七・八・二十四

在台灣的另一端

Dear Hank：

接到來信，總給我們帶來無限的快慰，在台灣的另一端，捧讀來信，想像軍中生活的種種，聊解對兒子的思念，彷彿又回到十多年前，你老爸負笈美國，我帶著那時年方一歲半的你，在中壢的屋子，天天期待自信箱裡掏出遠方的思念般。日子過得眞快啊！一轉眼，那個期待爸爸不再去美國念書、而跟嘉寧哥哥去新街國小讀書的小童，業已開始接受軍中的洗禮，準備做起大人來了。前些年，有幾次，我半夜去你房中尋找蚊子的蹤跡，赫然發現，長長的床，似乎已無法承載你碩長的身軀，而才不久前，不是才顚仆著學步嗎？那種歲月如梭的感嘆，是參雜著喜悅與惆悵的。

有些事，可能用信件表達更爲妥當。

在成長的過程中，爸爸和我對你有諸多期待，期待你能善用天賦，努力學習，在人生旅程中出類拔萃，讓自己過得平安順遂，這是每一個父母的心願，固不待言！而我們更關切的是人格的陶養，這部分則關係到一個人的幸福與快樂，比事業或成就更爲重要。我們很高興看到你和Sandra愉悅的相處，兩性之間的學問，是需要終生來學習的，對待女人，需要多一些體貼和愛護，這點，你只要看看爸爸怎麼做就可以了，你有很好的典範，相信聰明如你，應能充分把握要訣，不需我多囉唆。人生變數很多，誰也無法預料未來，重要的是，讓每一個過程都充滿誠意，讓每一段交往，都值得回憶，對待每一個生命中的女性，都要眞心眞意，就像對待自己的妹妹一樣。

說到妹妹，上回你來信中稱呼她「最可愛的老妹」，幾乎讓她感動得痛哭流涕，她對我前封信裡說她的新生活開始變舊，表示強烈不滿。所以，我只好在這封信裡修正。她的確有心，只是經常乏力，這倒也是人性之常，不能苛求。不過，較諸你離家前，她確實大有進步，主動性增加，發憤的心情不時浮現；看電視的時間隨心情而定，時而艱苦卓絕，告訴我：

「不要浪費時間！看電視最浪費時間！」

時而鬆散無力，告訴自己：「又沒有看很久，生活需要調劑嘛。」

生活充滿類似的天人交戰，光是這樣的交戰，就花掉她許多時間，非常有趣。

星期天早晨，我們約在中正公園的游泳池出口見，期待見面及來信！

祝

平安愉快！

媽媽字　一九九七・八・二十八

重然諾的敬業精神

Dear Hank：

自從中正公園別後，一去杳如黃鶴，連一通電話都不曾，害我們好著急，今天總算接到來信，星期六的午餐桌上（爸爸休假），讀著你情感豐沛的來信，妹妹哭濕了兩張衛生紙，發憤努力用功，以答謝哥哥的鼓勵；媽媽我，你是知道的，當然不落她後，用掉了一落，感動兒子的成長懂事，居然還記得謝謝辛苦的外婆，而且精確的表達了感覺，我在電話中告訴外婆，外婆高興得闔不攏嘴，直說叫含識休假帶朋友來玩嘛！你的信寫得好極了！眞不是蓋的，我們一直認定你的文筆不佳，不善表達，原來看走眼了！（眞是狗眼看人低呀！）

看到你著軍裝的雄姿英發模樣，眞的很驕傲！而能將準時收假擺在心裡，足見一個人重然諾的敬業精神，你爸和我都非常激賞，當然，爸爸接著總是這一句：

「這點很像我。」

啊！眞是可憐天下父母心啊！

這星期，我又搭飛機到台南去了一趟，這回不是台南市，而是台南縣，當年地理沒學好，以爲兩地咫尺，其實天涯。文化中心的開車老司機「碎碎念」，埋怨我們不搭飛機到嘉義，比較近，也比較不會塞車。這回是去爲當地的文學獎擔任評審，是個全新的經驗。參與的九位評審，分別來自台灣的各大學中、外文系教授，居然異口同聲，全程以台語發音，整個下午下來，我差點兒舌頭打結。台灣南北差異如此之大，讓人咋舌，也因此體認到台語時代的來臨，你一定得好好學學，能說一口流利的台語，將來受用不盡！教Sandra也多練練，多學一種語言，準沒錯！

今天，出版社寄來版稅通知書，可說是一筆意外之財，趕緊告訴你，讓你分享愉快的感覺。（你一定說如果能實質分享金錢更具意義，對吧？哈哈！休想！）

你從星期天後就沒打電話來，是爲什麼呢？是開始忙碌了嗎？還是什麼其他的原

因？十二日確定下成功嶺嗎？幾點會到家？請事先告知，免得回來碰到鐵將軍把門。祝

平安愉快！

媽媽字　一九九七・九・六

長夜漫漫路迢迢

寶貝含文：

窗外下著細雨，天空陰沉沉的，像這些天爸媽的心情，黏搭搭的，老不開朗。

「女兒出國求學，應該是一件高興的事呀！」這幾天，我一直勸慰自己，卻好像怎麼也說服不了依依不捨及擔憂的一顆心。畢竟，這是你展翅高飛的第一遭。前些日子去紐約，因爲有明確的歸期，所以並無特別的不捨。這趟旅程，就不同了，從此，你將遠離父母家人，開始在異邦學習獨立。憑良心說，以你在家這些日子的表現，要讓人放心，實在很難。不過，我一直深信，人的潛力無限。媽媽在和你現在同樣年齡的時候，也一樣遠赴異地求學（雖然不像你一下子去得那麼遠），在陌生的城市台北，也曾偷偷躲在棉被裡痛哭好幾天，但畢竟也在台北存活下來，並打下了一片天。當年，外公外婆經濟情況不佳，我咬著牙，用非常儉省的方式過日子；你爸爸的情況可能更糟，在這一點上，你應該比我們幸運許多。雖然，出國花費龐大，你爸和我，總算還能應付，何況，我們深信，以你的聰明懂事，在用錢上，應該可以放心！你只要在學業上，全力衝刺，我們永遠作你的後盾。

媽媽只覺得捨不得，自你出世以來，一直是爸媽及外公、外婆最甜蜜的孩子，也許，我眞的要如你們所戲言的，要開始學習獨立。往後，當我咳嗽時，會多麼懷念你乖巧的倒開水的身影；當我缺奶精時，又將差遣何人去購買？黃昏時分，再也沒人會買小籠包來和我分享。啊！想起來眞是很傷心呀！

除了唸書以外，媽媽期待你能抽空寫寫信，將遭遇到事情，藉寫作做一番回味與思考，不要讓這難得的經歷，在未來，成爲一片空白。多看多走多思考，是人生前進的最好原動力。你有幸去走一遭，要好好把握。不管將來是否能在學位上有所斬獲，在生活的精采度上一定要有所增進。寫好了信，e-mail給我們之外，要存檔備份起來，做個紀念。養成隨時記筆記的習慣很重要，將來，期待你像雷伯伯一樣，他用畫畫寫日記，你用筆記寫日記。

媽媽寫這封信，讓你在飛機上看，一方面是一種期待，一方面讓你稍稍排除離家的惆悵。我們家，一向是個溫暖的組合，這樣的感覺，讓生活充滿幸福，我希望這種溫暖的幸福感，能陪伴你到天涯海角。無論何時，不管何地，當你想起家的溫暖時，都能更有力量前行。爸媽只有你們兩個孩子，只有你們平安，爸媽才有快樂，所以，一定要爲父母保重。尤其在異地，長夜漫漫路迢迢，無論食衣住行都要格外小心，不要讓爸媽操心。若有傷心委屈的事，也別藏在心裡，寫信回來，吐吐苦水也好，是吧！但是，人際關係要好，幾個重要竅門不能不知道，如服裝儀容及居家環境要保持乾淨整齊，凡事多替別人著想、常常從別人的角度想問題，問自己：如果我是他會怎樣！另外，適度的容忍很重要，不要亂發脾氣、亂開玩笑……等等。

千言萬語，拉拉雜雜。總之，祝我們的甜蜜寶貝此行順利平安、快快樂樂。

媽媽　於一九九八・十・六睡不著的午後四點

突破性的良性變化

親愛的含文：

自從你離家後，我們一直克制著，不敢給你多打電話，一則是電話費有些貴，一則也怕影響你的心情。寄給哥哥的e-mail，哥哥已從學校轉寄到我的信箱，是不是手提電腦接不上網路？否則，爲何仍用英文？爸爸說，這樣很好，可以藉機練習英文。

離開始上課還有一段時間，期待你也能好好運用，多開口練習很重要。學到一句新的語彙，馬上記起來，並想法運用，久而久之，就能變成自己的東西。你在表姊家或住寄宿家庭，衛生觀念要隨時注意。昨日我整理抽屜，發現一封你同學寫給你，要你改進的信，其中提到的幾點，如：亂丟東西、得理不饒人、髒亂……等，都讓我頓時擔心了起來。也許，因爲你從小身體狀況較差，以前我們對你太寬容了，不敢要求太多，以致造成這些問題。現在離家，和別人同住，絕對不能期望別人容忍，必須徹底改進。否則，人緣差了，就會失去許多援助，請切記在心。不但房間要保持整潔，使用過浴室，要擦乾地板，清理出水口及浴盆，不要將頭髮殘留其間。啊！啊！我是否太多慮了？不知是否已找到寄宿家庭了？目前你都在做些什麼？請來信告知。有聽話寫日記嗎？

國慶三天連假，我們到宜蘭玩。接受王峻叔叔和惠涼阿姨的熱情款待，上仁澤山上時，怡文並未同行，因爲假日一過，她就要段考。雷伯伯戲稱：考完後，她就會變成一段一段的。我看怡文對自己的人生已開始認眞規劃，她說她決定改考大學聯招。現在正補習中，明夏試考，若運氣好，考上了，當然最好；若落榜，目標訂在後年，要專攻外文系。我看她很有計畫，也很有決心的樣子，替她高興之餘，也不免期待你能和她學習。相信只要下定決心，也能開拓出一片天來！你說是嗎？

太平山上，菅芒花開遍，景致很美。爸爸此行畫了許多幅畫，首度在數量上超越雷伯伯，我好高興！看起來我們家今年有了大變化，而且是突破性的良性變化。我因之對未來充滿希望！不知你對此事有何看法？媽媽很希望聽聽你的意見哪！

我研究室的電腦已在昨日修好，今天算是第一次開張，我選擇寫信給女兒，做爲開頭，覺得意義非凡！中午，我有一個系務會議要開，祕書已經在另一頭催促，我就不再多寫了！多來信聊聊吧！並代爲問候表姊好！祝

一切順利！

媽媽

寫於一九九八・十・十四中午十二時

養孩子好難

親愛的含文：

昨日電話中得知你掉了簽帳卡，心中悶悶不樂。擔心的事，終於發生！丟三落四的習慣，若不努力克服，可以預料的是，將來類似的事，將會陸續出現。有一天，可能一早起來，你會發現，不知何時，腦袋已不翼而飛。想起沒有腦袋的女兒，眞讓我不寒而慄呀！

每次電話裡，你總說一切都好。如何好法？我們很想有具體的想像，譬如：一天二十四小時，你是如何度過？都做些什麼？可否用e-mail或信件告知？教你寫寫日記，想來你早已忘懷，天高皇帝遠，要管你也難！只能期待你自己「良心發現」啦！你漫琴表姊問我該將你的零用錢設限在多少？以便她監督時參考。我和你爸爸都一致決定：由你自己自律。因爲你未有不良前科，一向用度儉省，希望你不負衆望！不要做出讓我們過度驚嚇的事！

昨日含識將我的電腦搞壞，我急著寫一篇專欄，他卻漫不經心，久久沒拿去送修，眞把我惹火了！加上一屋子像狗窩，又不整理，氣得我七竅生煙，爸爸又不說他！於是，我大發雷霆！痛斥一番，他居然連夜整理背包，趕回宿舍。聽說，爸爸打電話去宿舍時，他居然還委屈的在電話那頭痛哭失聲！呀！呀！養孩子眞難啊！我因此思念起你平日的體貼乖巧，也差點兒痛哭流涕起來！

昨日宿恨未消，我於是決定今日不跟縱子爲惡（幸未行凶）的爸爸講話。所以，到現在還留在研究室內，打算不回去做飯、吃飯，只回去睡覺！（因爲沒地方可去）你若是在家就好了！我就不會這樣寂寞，有你在家，至少有人安慰我，對否？

上星期五，瑞伯颱風來襲，台灣被颳得東倒西歪。林肯大郡雖然仍舊泡水，倒無特別災情傳出。但是，整個汐止還是變成水鄉澤國，內湖和五堵土石流坍方，活埋了好幾戶人家，共十二口人被活埋，眞是令人慘不忍睹！想到幾個家庭，瞬間籠罩著愁雲慘霧，心中不禁慘痛萬分！當我們在電視機前看著節目的同時，就有好幾個家庭正面臨生離死別的傷痛。我希望你隨時能將心比心，切莫變成一個麻木不仁的人。除了珍視自己的運氣外，也能將眼光放遠、放大，關心周遭發生的事，以同理心來看待別人的不幸。上星期六，我應邀到中山女高去演講，騎著機車前去，一路看到行道樹歪歪斜斜，清道夫辛苦清理，想到台灣近日天災人禍不斷，只覺心下慘痛！

明晚，我在耕莘文教院有一場有關文學的講演。後天早上在世新上完課後，還要直奔台中的曉明女中，進行演說，生活過得十分忙碌！來信說說你的生活吧！幾天下來，對美國有什麼不同於以往的認識嗎？學到什麼新東西嗎？祝

天天有不同的發現！

愛你又想你的媽媽　一九九八・十・十九

溫暖體貼的舉動

親愛的含文：

聽說你已開始上課，而且上得不錯，你爸和我都很開心！希望你能把握機會，好好學習，我們對你有信心。請將去美後的開銷，做一個簡單的陳述，最重要是請表姊將食宿費用列上。你有表姊照顧，我們非常放心，也很高興！期待你做一個受歡迎的客人，不要讓表姊痛不欲生！當然，更不能太增加表姊的麻煩，凡事要學會獨立才好。沒事多幫忙做些家事，也順便學習如何做個好太太。爲減輕我們的心理壓力，請表姊無論如何將食宿費用一併列出，順便告訴我們將來如何付費較方便？是存入你的帳戶？再由你提領出來給她好呢？還是直接匯入她的帳戶？也請用e-mail一併告訴我們。

昨日，我已請中壢姨媽將外婆載到我們家，我打算送她去台大或榮總看病。上星期，她到高雄旅遊，無故昏倒，在台中的醫院一直查不出原因。我已爲她安排到台大醫院，徹底檢查。可是，她一來到台北，病似乎就好了一半，看來是心情的關係。請多來信！接到你的信，雖然錯字連篇，還是心情很好，就像外婆看到她的女兒是一樣的。她暈倒後，你越洋打電話給她，她非常高興哪！眞不枉她疼你一場！當然，你如此體貼溫暖，爸媽也開心異常！祝
努力運動減肥！

媽媽

於一九九八・十一・二

用文字檢視生活

含文乖女兒：

接到漫琴表姊的傳眞，你爸和我看了哈哈大笑！覺得你漫琴表姊眞會形容，把你去美後的種種寫得又傳神又仔細，幾乎食、衣、住、行樣樣兼備，怪不得她要花那麼久的時間，眞難爲她了！請幫我們向她致謝！

爸爸昨日給你寄去簽帳卡，爲了免得你這個糊塗蛋再度遺失，造成別人偷簽，特別請他們製作有照片的簽帳卡！不過，這並不代表你從此可以高枕無憂，隨便丟掉！再丟的話，我們只好也把這個女兒丟了，省得麻煩！聽說爸爸也在裡頭附了兩封信，你要好好看，仔細琢磨，別辜負他寫了一個早上的辛勞！

我很久沒有給你寫信，主要是這個月特別忙，這個星期，幾乎天天有演講！

昨天星期一，在世新導讀余秋雨先生的《台灣演講集》，今天禮拜二，等會兒，要爲世新四年級的男生，解說報考預備軍官的注意事項；明日星期三，上完兩節課，我得直奔機場，搭機前往台東師院，爲兒童文學研究所的研究生談文學創作，星期四稍事休息，星期五開車回台中，到逢甲大學中文研究所講文學，星期六，留在台中，早上，在文化中心，爲家庭教育中心的志工談電影導讀的技巧，……你看！媽媽過得是什麼樣忙碌的生活！幾乎稱得上是「民不聊生」了。

爸爸最近很振奮，因爲上回和我去金門旅遊，爲媽媽寫的一篇文章配插圖，在前些日子的《中國時報》刊出，上次和媽媽去嘉義，同行的《中央日報》副刊主編林黛嫚看到他的寫生，也請他寄十張作品過去，他們將會適時刊出，雖然，爸爸的目標不設定在配插圖，但有人賞識，總是無限開心。我看他假裝不在意，其實滿高興的。夫妻做久了，他就是孫悟空，難逃我這如來佛的掌心呀！哈哈！

你爲什麼不學學媽媽，把生活的瑣事記一記，將它傳回來，相信作父母的我們，會得到無限的快慰的。是有些麻煩，但是，這將成爲日後一個非常有意義的回憶根據，多年後，你會透過它，了然你第一回踏上美利堅王國的心路歷程。而現在，也可透過文字檢視生活，不只是糊里糊塗的過日子。我盼望女兒能記住這

些過來人的建議，而且當一回事，如何？祝福
不要變得太胖！
變得比較願意思考！

愛你卻有些著急的媽媽
於一九九八・十一・廿四

無心的玩笑最傷人

親愛的女兒：

接到你最新的e-mail，心裡很痛！媽媽知道你的困難，也了解你的心情。孩子們無心的玩笑，經常會刺痛人心，你不要太介意！不過，你要記取這樣的經驗，記住「無心的玩笑最傷人！」以後，和人交往，開玩笑時，一定得斟酌再三，不可率爾出口。不過，既然決心搬離，就要好聚好散，姊姊很幫忙，你要常常想起剛到美國人生地不熟時，是誰到機場接你？是誰去除你的陌生？是誰給你親人般的溫暖？也許美式教育和中國式的教育是有些不同，以致造成隔閡。姊姊一直很照顧你，她的孩子或者在表達方式上，略有缺失，千萬別遷怒。而且，無論如何，我期待女兒是個知道感恩的人，請你爲孩子們準備晚餐，是因爲姊姊將你當成家人。你不是說，他們的孩子回家，也都各有homework嗎！這就是你的homework呀！何況，多學些工作也不錯呀！你在家裡不是也常幫媽媽的忙嗎？不要一開始就學會美國人的那種價值觀，錙銖必較，畢竟我們還是中國人！

我可能會在星期五早上去爲你匯錢過去，你要省省地用，這是很辛苦賺來的！你應該知道，媽媽演講到聲音都啞了！在非常忙碌的狀況下，媽媽還是盡量想法給你寫封郵件，主要就是怕你寂寞，給你打氣！讓你知道我們一直都是支持你的！你可得努力才好。知道你可能修習托福課程，很高興！趁現在功課壓力不大，多學一些，眞正念大學時，才不會太吃力！你提要去大峽谷玩的事，不是媽媽小氣，實在是怕危險，何況你也去過了！聖誕節時，去逛逛街吧！我們會給你打電話的。

昨日，是爸媽結婚二十一週年，爸爸偷偷拜託淑暖阿姨送花到世新中文系給我，在系上轟動一時，哇！爸爸最近眞浪漫呀！

外婆昨日又隨姨媽的車子到台北，可能住到星期五才回去，昨晚，我將你的英文信翻譯給她聽，當聽到你要我請她來台北住時，開心得不得了哪！你放心，我會照顧她的。你眞是一個貼心的孩子！將來在功課上，如果也有一些成績，那

就十全十美了！祝福你
越來越順利！

想你的媽媽

一九九八・十二・十四上午十一時

廖玉蕙作品集 05

沒大沒小

著者	廖玉蕙
繪圖者	蔡全茂
發行人	蔡文甫
出版發行	九歌出版社有限公司
	臺北市105八德路3段12巷57弄40號
	電話/02-25776564・傳真/02-25789205
	郵政劃撥/0112295-1
九歌文學網	www.chiuko.com.tw
印刷	晨捷印製股份有限公司
法律顧問	龍躍天律師・蕭雄淋律師・董安丹律師
初版	1999年4月10日
重排新版	2009年12月10日
新版7印	2017年7月
定價	**250元**

書號	0110705
ISBN	978-957-444-644-5

（缺頁、破損或裝訂錯誤，請寄回本公司更換）

國家圖書館出版品預行編目資料

沒大沒小 / 廖玉蕙著. -- 重排新版. --
臺北市：九歌, 民98.12
面； 公分. --（廖玉蕙作品集；05）
ISBN 978-957-444-644-5（平裝）

855 98020542